博雅文叢

詩詞格律概要

王力 著

出版說明

「博雅教育」，英文稱為General Education，又譯作「通識教育」。

甚麼是「通識教育」呢？依「維基百科」的「通識教育」條目所說：「其一是通才教育；其二是指全人格教育。通識教育作為近代開始普及的一門學科，其概念可上溯至先秦時代的六藝教育思想，在西方則可追溯到古希臘時期的博雅教育意念。」歐美國家的大學早就開設此門學科。

在兩岸三地，「通識教育」則是一門較新的學科，涉及的又是跨學科的知識。概而言之，乃是有關人文、社科，甚至理工科、新媒體、人工智能等未來科學的多方面的古今中外的舊常識、新知識的普及化介紹，等等。因而，學界歷來對其「定義」抱有各種歧見。依台灣學者江宜樺教授在「通識教育系列座談（一）會議記錄」（二零零三年二月）所指陳，暫時可歸納為以下幾種：

一、通識就是如（美國）哥倫比亞大學、哈佛大學所認定的Liberal Arts。

二、如芝加哥大學認為：通識應該全部讀經典。

三、要求學生不只接觸 Liberal Arts，也要人文社會科學學生接觸一些理工、自然科學學科；理工、自然科學學生接觸一些人文社會學，這是目前最普遍的作法。

四、認為通識教育是全人教育、終身學習。

五、傾向生活性、實用性、娛樂性課程。好比寶石鑑定、插花、茶道。

六、以講座方式進行通識課程。（從略）

近十年來，香港的大專院校開設「通識教育」學科，列為大學教育體系中必要的一環，因應於此，香港的高中教育課程已納入「通識教育」。自二零一二年開始的第一屆香港中學文憑考試，通識教育科被列入四大必修科目之一，考生入讀大學必須至少考取最低門檻的「第二級」的成績。在可預見的將來，在高中教育課程中，通識教育的份量將會越來越重。

在互聯網技術蓬勃發展的大數據時代，搜索功能的巨大擴展使得手機、網絡閱讀、搜索成為最常使用的獲取知識的手段，但網上資訊氾濫，良莠不分，所提供的內容知識未經嚴格編審，有許多望文生義、張冠李戴及不嚴謹的錯誤資料，謬種流傳，誤人子弟，造成一種偽知識的「快餐式」文化。這種情況令人擔心。面對着人工智能技術的迅猛發展所導致的對傳統優秀文化內容傳教之退化，如何能繼續將中國文化的人文精神薪火傳承？培育讀書習慣不啻是最好的一種文化訓練。

有感於此，我們認為應該及時為香港教育的這一未來發展趨勢做一套有益於中、大學生的「通識教育」叢書，針對學生或自學者知識過於狹窄、為應試而學習的不良傾向去編選一套「博雅文叢」。錢穆先生曾主張：要讀經典。他在一次演講中還指出：「此時的讀書，是各人自願的，不必硬求記得，也不為應考試，亦不是為着做學問專家或是寫博士論文，這是極輕鬆自由的，正如孔子所言：『默而識之』便得。」我們希望這套叢書能藉此向香港的莘莘學子們提倡深度閱讀，擴大文史知識，博學強聞，以春風化雨、潤物無聲的形式為求學青年培育人文知識的養份。

本編委會從上述六個有關通識教育的範疇中，以第一條作為選擇的方向，以第二條的芝加哥大學認定的「通識應該全部讀經典」作為本文叢的推廣形式，換言之，就是為初中、高中及大專院校的學生而選取的，讀者層面也兼顧自學青年及想繼續進修的社會人士，向他們推薦人文學科的經典之作，以便高中生未雨綢繆，入讀大學後可順利與通識教育科目接軌。

這套文叢將邀請在香港教學第一線的老師、相關專家及學者，組成編輯委員會，分類包括中外古今的文學、藝術等人文學科，而且邀請了一批受過學術訓練的中、大學老師為每本書撰寫「導讀」及做一些補註。雖作為學生的課餘閱讀之作，但期冀能以此薰陶、培育、提高學生的人文素養，全面發展，同時，也可作為成年人終身學習、補充新舊知識的有益讀物。

本叢書多是一代大家的經典著作，在還屬於手抄的著述年代裏，每個字都是經過作者精琢細磨之後所揀選的。為尊重作者寫作習慣和遣詞風格、尊重語言文字自身發展流變的規律，給讀者們提供一種可靠的版本，本叢書對於已經經典化的作品不進行現代漢語的規範化處理，提請讀者特別注意。

「博雅文叢」編輯委員會

二零一九年四月修訂

目錄

卷下　詞

導讀

打通古典詩詞的任督二脈

王力先生的《詩詞格律概要》是大家的詩詞格律入門之作。所謂「大家」，就是你和我、每一位讀者；同時，「大家」又有「大師」的含義。王力先生作為一代宗師，仍不遺餘力，寫下深入淺出的普及讀物，實在是不可多得。適逢天地圖書有限公司引入這本佳作，以饗讀者，我也可趁此機會與大家一同學習，重新認識中國古典詩詞的內涵和形式，把傳統文化的精華傳承下去。中國古典文學特別重視詩文，其中言志和抒情的詩詞尤為關鍵，這一本小書，足以打通詩詞的任督二脈。

王力先生（一九零零—一九八六），字了一，廣西博白人，是中國著名語言學家，有《古代漢語》（主編）、《漢語音韻學》、《中國現代語法》、《中國語法理論》、《漢語詩律學》等專著四十多種，學術成果甚豐。順帶一提，《漢語詩律學》是一部既廣且深的詩詞格律巨著，若日後各位跨過了基礎門檻，可進一步研讀。

除了這本《詩詞格律概要》之外，王力先生還寫了《詩詞格律》和《詩詞格律十講》等有關詩詞格律的普及讀物。它們都清晰地說明詩詞格律方面最重要的基礎知識，但我認為這本《詩詞格律概要》深淺詳略最為得宜，非常值得推薦。

讀《詩詞格律概要》，讓我回想起大學時期跟老師學詩的時光。我相信每一位學習詩詞者都認同，沉浸在古典詩詞的世界裏是多麼幸福的一件事。我希望這本小書，也能給予各位年輕讀者同樣的美好體驗。這本書分卷上和卷下兩部份，卷上說詩，卷下講詞。詩詞的種類、字數、句數，押韻、平仄、對仗等格律問題，王力先生都扼要地說明了當中的要點和疑難，全面而到位，同時也糾正了一些流傳甚廣的謬誤。

有些朋友曾經問我：「你為甚麼會喜歡古詩呢？」我知道他們想說的是古典詩詞，只是由於不諳文體而統稱為「古詩」而已。當你仔細閱讀這本小書後，便會大大提升詩歌類型的認知，討論得更精準了。王力先生在第一章〈詩的種類和字數〉的開首，便清楚地解釋了「古體詩」和「今體詩」兩大類。「古詩」通常指「古體詩」中的五言古詩或七言古詩，而「今體詩」則是指比較講究格律的「律詩」和「絕詩」等等。由此可見，增進相關的知識，能有助於交流，減少不必要的誤會。我正是喜歡「絕詩」、「律詩」，甚於「古詩」呢！

《詩詞格律概要》主要說的正是「今體詩」的格律。當然，書中也辨識「古體詩」的體式，兩相比較，更容易顯出彼此的特點。例如，「今體詩」用韻，都是依照平水韻，要限定在平聲韻，而且要一韻到底；可是「古體詩」就不同了，它的用韻沒那麼嚴格：可以用平水韻，可以鄰韻合用；可以用平聲韻，也可以用上、去、入聲韻；可以一韻到底，也可以轉韻。這本書善於運用比較法，讓讀者同步掌握多種體裁的形式。

「今體詩」是格律體詩歌，是世界文學中十分獨特的文體。格律既是它的形式，同時又是內容，構成一個整體，是非常重要的。難怪王力先生也指出「沒有平仄就沒有詩詞格律」（第三章）。從前，我曾聽說過一些言論，指現代詩的自由書寫，遠勝於古典詩詞的嚴格規律。我認為這樣比較並不恰當。在學習的過程中，切勿以簡化的二元對立方式貶低任何一方，相反，我們應當謙卑敬虔地去了解它們的特色，體會漢語的發展變化和不同形態之美，感受其豐厚的文化內涵。

學習古典詩詞，其中一個棘手的難點就是平仄。這是必須學會，又難以掌握的範疇。幸好，王力先生用了頗長的篇幅教授詩的平仄，詳細說明了平仄的辨認方法。

他從古代漢語的四聲講起，談到現代漢語的聲調問題。雖然有些方言仍然保留着四聲（例如香港較多人使用的粵語），但是許多方言，甚至是普通話，都跟古代漢語大為不同了，入聲的消失便是顯著的例子。平仄很重要，要是不能辨別入聲字，對閱讀詩詞會造成一定的困難，因此，王力先生特意列舉了一些常用的入聲字，以供參考（詳見第三章）。這個標註方法非常體貼，也非常有用，有些入聲字在現今普通話裏是讀陽平或陰平的，「懂普通話的人只要記住這些就行了，其他轉入上去聲的字用不着記，因為上去聲和入聲同屬仄聲。」（第三章第一節註腳）這不失為一種策略，協助説普通話的人或入聲字已消失的地區的人，去辨別詩詞中的平仄問題。

在學詩的過程中，相信許多人都唸過一個口訣：「一三五不論，二四六分明」（五字句則為「一三不論，二四分明」），意思是第一、三、五字的平仄是可以不拘的，而第二、四、六字的平仄則要嚴格分辨清楚。針對這個口訣，王力先生特意拿出來討論，指出「這個口訣是不全面的，引起許多人的誤解」（第三章第五節），可見他做了很多釐清謬誤的工夫。既然這本小書是面向普羅大眾的，那麼最深入民心的知識必須辨明清楚，才能算得上是傳授知識的普及讀物。為甚麼這個口訣不夠全面，過於簡化，容易令人誤會呢？這跟平仄的變格和犯忌有甚麼關係？這就留待各位讀者自行細論兼分明了。

另外，「古體詩」的格律方面，王力先生也作出了一點糾正和補充。從前，人們流傳一個說法，指「古體詩」是不講究平仄的，其實不然，只不過它的格律跟「今體詩」大不同。舉一個例子，王力先生透過大量的引例和分析，讓我們看到「古體詩」中常見的平仄分佈概況，歸納出「三平調」是古體詩的典型體式之一。「古體詩」的平仄和句法並沒有「今體詩」那麼嚴格，因此，要指出隱含在「古體詩」中常見的「格律形式」尤其困難，非大量閱讀、深入分析的學者不能為，而王力先生正正做到這一點。

至於卷下的詞方面，王力先生也主要從用韻、平仄和對仗等角度切入分析。詩要集中講詩的種類和字數問題，而詞則必須了解詞牌和詞譜。若不明白詞牌和詞譜，所有相關的格律也無從說起。因此，第一章是非常重要的。加上王力先生列出了常見的四十多個詞牌，不但展示了各種不同的格式，還等於給讀者一本簡明的詞譜結集。當你讀畢卷下，掌握了詞的特點，想初嘗填詞的滋味的話，還是需要重新翻到這一章，倚聲創作的。

最後，謹以我個人的學詩經歷，給予各位青少年和詩詞愛好者一點建議。假如在閱讀的過程中，你發現自己未能熟習基本格律的話，我會提議你先跳過相對比較困難的拗句、拗體和拗救的章節（即卷上的第三章第五至六節，卷下的第三章第二節），待你鞏固好基礎的部份，再回過頭來學習和思考，效果會更好；另外，在短時間之內記下所有詩詞格律可能會導致消化不良。這個時代已經過於迅速，面對古典詩詞，我們應該慢下來，安靜自己，細細品味，按部就班地學習，才能體會到當中的魅力。

總括而言，《詩詞格律概要》本身就是一本詩詞格律入門的傑作。但願各位青少年、詩詞愛好者，能夠在這本書中找到樂趣，掌握詩詞的基礎知識，一起踏上欣賞和創作古典文學之路。

黃國軒

黃國軒，香港中文大學中國語言及文學系碩士。火苗文學工作室創辦人。現為大專兼職講師、編輯、專欄作家。編有《字裏風景：馮珍今散文集》。

卷上 詩

第一章　詩的種類和字數

唐代以後，詩分為兩大類：（一）古體詩；（二）今體詩。古體詩是繼承漢魏六朝的詩體；今體詩是唐代新興的詩體。今體詩在字數、韻腳、聲調、對仗各方面都有許多講究，與古體詩截然不同。我們講格律，主要是講今體詩的格律。

古體詩分為兩類：（一）五言古詩，簡稱五古；（二）七言古詩，簡稱七古。

五言古詩每句五個字，全詩字數不拘多少。例如：

渭川田家　王維

斜光照墟落，窮巷牛羊歸。
野老念牧童，倚杖候荊扉。
雉雊麥苗秀，蠶眠桑葉稀。
田夫荷鋤至，相見語依依。
即此羨閒逸，悵然吟式微。

月下獨酌　李白

花間一壺酒，獨酌無相親。
舉杯邀明月，對影成三人。
月既不解飲，影徒隨我身。
暫伴月將影，行樂須及春。
我歌月徘徊，我舞影零亂。
醒時同交歡，醉後各分散。
永結無情遊，相期邈雲漢。

七言古詩每句七個字，全詩字數不拘多少。例如：

白雪歌送武判官歸京　岑參

北風捲地白草折，
胡天八月即飛雪。
忽如一夜春風來，

千樹萬樹梨花開。
散入珠簾濕羅幕，
狐裘不暖錦衾薄。
將軍角弓不得控，
都護鐵衣冷難著。
瀚海闌干百丈冰，
愁雲慘淡萬里凝。
中軍置酒飲歸客，
胡琴琵琶與羌笛。
紛紛暮雪下轅門，
風掣紅旗凍不翻。
輪臺東門送君去，
去時雪滿天山路。
山迴路轉不見君，
雪上空留馬行處。

此外還有一種雜言詩，詩中摻雜着五字句和七字句，甚至有三字句、四字句、六字句、八字句、九字句。但是，一般都把雜言詩歸入七言古詩一類。例如：

夢遊天姥吟留別　　李白

海客談瀛洲，
煙濤微茫信難求。
越人語天姥，
雲霞明滅或可睹。
天姥連天向天橫，
勢拔五嶽掩赤城。
天台四萬八千丈，
對此欲倒東南傾。
我欲因之夢吳越，
一夜飛度鏡湖月。
湖月照我影，

送我至剡溪。
謝公宿處今尚在，
綠水蕩漾清猿啼。
腳著謝公屐，
身登青雲梯。
半壁見海日，
空中聞天雞。
千巖萬轉路不定，
迷花倚石忽已暝。
熊咆龍吟殷巖泉，
慄深林兮驚層巔。
雲青青兮欲雨，
水澹澹兮生煙。
列缺霹靂，
丘巒崩摧。

洞天石扉，
訇然中開。
青冥浩蕩不見底，
日月照耀金銀臺。
霓為衣兮風為馬，
雲之君兮紛紛而來下。
虎鼓瑟兮鸞回車，
仙之人兮列如麻。
忽魂悸以魄動，
怳驚起而長嗟。
惟覺時之枕席，
失向來之煙霞。
世間行樂亦如此，
古來萬事東流水。
別君去兮何時還？

且放白鹿青崖間，
須行即騎訪名山。
安能摧眉折腰事權貴，
使我不得開心顏！

今體詩分為兩類：（一）律詩；（二）絕句。

律詩又分兩類：（一）五言律詩，簡稱五律；（二）七言律詩，簡稱七律。

五言律詩每句五個字，共八句，全詩四十個字。例如：

春望 杜甫

國破山河在，城春草木深。
感時花濺淚，恨別鳥驚心。
烽火連三月，家書抵萬金。
白頭搔更短，渾欲不勝簪。

（「勝」讀 shēng，「簪」讀 zēn）

有一種五言長律（又叫五言排律），每句五個字，全詩共十二句，或更多。例如：

守睢陽詩　張巡

接戰春來苦，孤城日漸危。
合圍侔月暈，分守若魚麗。
屢厭黃塵起，時將白羽麾。
裹瘡猶出陣，飲血更登陴。
忠信應難敵，堅貞諒不移。
無人報天子，心計欲何施？

（「麗」讀 lí）

七言律詩每句七個字，共八句，五十六個字。例如：

登高　杜甫

風急天高猿嘯哀，渚清沙白鳥飛迴。
無邊落木蕭蕭下，不盡長江滾滾來。

萬里悲秋常作客，百年多病獨登臺。
艱難苦恨繁霜鬢，潦倒新停濁酒杯。

絕句又分為兩類：（一）五言絕句，簡稱五絕；（二）七言絕句，簡稱七絕。

五言絕句每句五個字，全詩四句，共二十個字。例如：

逢雪宿芙蓉山主人　劉長卿

日暮蒼山遠，天寒白屋貧。
柴門聞犬吠，風雪夜歸人。

七言絕句每句七個字，全詩四句，共二十八個字。例如：

嫦娥　李商隱

雲母屏風燭影深，長河漸落曉星沉。
嫦娥應悔偷靈藥，碧海青天夜夜心。

第二章　詩韻

第一節　平水韻

現存最早的一部詩韻，是《廣韻》。《廣韻》的前身是《唐韻》，《唐韻》的前身是《切韻》。《廣韻》共有二百零六韻，《唐韻》、《切韻》應該也是二百零六韻[1]。韻分得太細，寫詩很受拘束。唐初許敬宗等奏議，把二百零六韻中鄰近的韻合併來用。宋淳祐年間，江北平水人劉淵著《壬子新刊禮部韻略》，合併二百零六韻為一百零七韻。清代改稱「平水韻」為「佩文詩韻」，又合併為一百零六韻。因為平水韻是根據唐初許敬宗奏議合併的韻，所以，唐人用韻，實際上用的是平水韻。

平水韻一百零六韻如下：

上平聲[2]

一東　二冬　三江　四支　五微

六魚　七虞　八齊　九佳　十灰

十一真　十二文　十三元　十四寒　十五删

下平聲

一先　二蕭　三肴　四豪　五歌

六麻　七陽　八庚　九青　十蒸

十一尤　十二侵　十三覃　十四鹽　十五咸

上聲

一董　二腫　三講　四紙　五尾

六語　七麌　八薺　九蟹　十賄

十一軫　十二吻　十三阮　十四旱　十五潸

十六銑　十七筱　十八巧　十九皓　二十哿

廿一馬　廿二養　廿三梗　廿四迥　廿五有

廿六寑　廿七感　廿八儉　廿九豏

去聲

一送　二宋　三絳　四寘　五未
六御　七遇　八霽　九泰　十卦
十一隊　十二震　十三問　十四願　十五翰
十六諫　十七霰　十八嘯　十九效　二十號
廿一個　廿二禡　廿三漾　廿四敬　廿五徑
廿六宥　廿七沁　廿八勘　廿九豔　三十陷

入聲

一屋　二沃　三覺　四質　五物
六月　七曷　八黠　九屑　十藥
十一陌　十二錫　十三職　十四緝　十五合
十六葉　十七洽

第二節　今體詩的用韻

今體詩（律詩，絕句）用韻，都依照平水韻，而且限用平聲韻。例如：

月夜憶舍弟　杜甫

戍鼓斷人行，邊秋一雁聲[3]。
露從今夜白，月是故鄉明。
有弟皆分散，無家問死生。
寄書長不達，況乃未休兵！

（八庚）

湘靈鼓瑟　錢起

善鼓雲和瑟，常聞帝子靈。
馮夷空自舞，楚客不堪聽。
苦調淒金石，清音入杳冥。

蒼梧來怨慕，白芷動芳馨。
流水傳湘浦，悲風過洞庭。
曲終人不見，江上數峰青。

（九青）

從軍行　王昌齡

秦時明月漢時關，萬里長征人未還。
但使龍城飛將在，不教胡馬度陰山。

（十五刪。「教」讀 jiāo）

塞下曲　李白

五月天山雪，無花只有寒。
笛中聞折柳，春色未曾看。
曉戰隨金鼓，宵眠抱玉鞍。
願將腰下劍，直為斬樓蘭。

（十四寒。「看」讀 kān）

左遷至藍關示侄孫湘　韓愈

一封朝奏九重天，夕貶潮陽路八千。
欲為聖明除弊事，肯將衰朽惜殘年？
雲橫秦嶺家何在？雪擁藍關馬不前。
知汝遠來應有意，好收吾骨瘴江邊。

（一先）

輞川閒居　王維

一從歸白社，不復到青門。
時倚檐前樹，遠看原上村。
青菰臨水拔，白鳥向山翻。
寂寞於陵子，桔槔方灌園。

（十三元。「看」讀 kān）

第三節　古體詩的用韻

古體詩用韻較寬，可以用平水韻，也可以用更寬的韻，即以鄰韻合用。例如：

樵父詞　儲光羲

山北饒朽木，山南多枯枝△。（四支）
枯枝作採薪，爨室私自知△。（四支）
詰朝礪斧尋，視暮行歌歸△。（五微）
先雪隱薜荔，迎暄臥茅茨△。（四支）
清澗日濯足，喬木時曝衣△。（五微）
終年登險阻，不復憂安危△。（四支）
蕩漾與神遊，莫知是與非△。（五微）

傷宅　白居易

誰家起甲第，朱門大道邊？（一先）
豐屋中櫛比，高牆外回環。（十五刪）
纍纍六七堂，檐宇相連延。（一先）
一堂費百萬，鬱鬱起青煙。（一先）
洞房温且清，寒暑不能干。（十四寒）
高堂虛且迥，坐臥見南山。（十五刪）
繞廊紫藤架，夾砌紅藥欄。（十四寒）
攀枝摘櫻桃，帶花移牡丹。（十四寒）
主人此中坐，十載為大官。（十四寒）
廚有臭敗肉，庫有貫朽錢。（一先）
誰能將我語，問爾骨肉間。（十五刪）
豈無窮賤者，忍不救飢寒？（十四寒）
如何奉一身，直欲保千年！（一先）
不見馬家宅，今作奉誠園！（十三元）

古體詩用韻，可以用平聲韻，也可以用上去聲韻（上去聲可以通押），也可以用入聲韻。例如：

用平聲韻的：

贈衛八處士 杜甫

人生不相見，動如參與商。
今夕復何夕？共此燈燭光。
少壯能幾時？鬢髮各已蒼。
訪舊半為鬼，驚呼熱中腸。
焉知二十載，重上君子堂！
昔別君未婚，兒女已成行。
怡然敬父執，問我來何方。
問答未及已，兒女羅酒漿。
夜雨剪春韭，新炊間黃粱。
主稱會面難，一舉累十觴。

十觴亦不醉，感子故意長。
明日隔山嶽，世事兩茫茫！（七陽）

用上聲韻的：

夏日南亭懷辛大　孟浩然

山光忽西落，池月漸東上。
散髮乘夕涼，開軒卧閒敞。
荷風送香氣，竹露滴清響。
欲取鳴琴彈，恨無知音賞。
感此懷故人，中宵勞夢想。（廿二養）

用去聲韻的：

羌村　杜甫

崢嶸赤雲西，日腳下平地。（四寘）
柴門鳥雀噪，歸客千里至。（四寘）
妻孥怪我在，驚定還拭淚。（四寘）
世亂遭飄蕩，生還偶然遂。（四寘）
鄰人滿牆頭，感嘆亦歔欷。（五未）
夜闌更秉燭，相對如夢寐。（四寘）

用入聲韻的：

佳人　杜甫

絕代有佳人，幽居在空谷。（一屋）
自云良家子，零落依草木。（一屋）
關中昔喪亂，兄弟遭殺戮。（一屋）

官高何足論？不得收骨肉。（一屋）
世情惡衰歇，萬事隨轉燭。（二沃）
夫婿輕薄兒，新人美如玉。（二沃）
合昏尚知時，鴛鴦不獨宿。（一屋）
但見新人笑，那聞舊人哭！（一屋）
在山泉水清，出山泉水濁。（三覺）
侍婢賣珠回，牽蘿補茅屋。（一屋）
摘花不插髮，採柏動盈掬。（一屋）
天寒翠袖薄，日暮倚修竹。（一屋）

第四節　一韻到底和換韻

今體詩都是一韻到底的。古體詩可以一韻到底，也可以換韻，乃至換幾次韻。例如：

雁門太守行

李賀

黑雲壓城城欲摧，
甲光向日金鱗開。（十灰）
角聲滿天秋色裏，
塞上燕脂凝夜紫。
半卷紅旗臨易水，
霜重鼓寒聲不起。（四紙）
報君黃金臺上意[4]，（四寘）
提攜玉龍為君死。（四紙）

兵車行

杜甫

車轔轔，馬蕭蕭，行人弓箭各在腰。
耶娘妻子走相送，塵埃不見咸陽橋。
牽衣頓足攔道哭，哭聲直上干雲霄。（二蕭）
道旁過者問行人，行人但云點行頻。（十一真）

或從十五北防河，便至四十西營田。

去時里正與裹頭，歸來頭白還戍邊。（一先）

邊庭流血成海水，武皇開邊意未已。

君不聞漢家山東二百州，千村萬落生荊杞。（四紙）

縱有健婦把鋤犁，禾生隴畝無東西。

況復秦兵耐苦戰，被驅不異犬與雞。（八齊）

長者雖有問，役夫敢申恨？（十三問、十四願合韻）

且如今年冬，未休關西卒。

縣官急索租，租稅從何出？（四質、六月合韻）

信知生男惡，反是生女好。

生女猶得嫁比鄰，生男埋沒隨百草。（十九皓）

君不見青海頭，古來白骨無人收。

新鬼煩冤舊鬼哭，天陰雨濕聲啾啾。（十一尤）

第五節　首句用鄰韻，出韻

上面説過，今體詩要用平水韻。但是，詩的首句本來是可以不用韻的，如果用韻，就不一定要用本韻，而可以用鄰韻。例如：

訪戴天山道士不遇　李白

犬吠水聲中（一東），桃花帶露濃。（二冬）
樹深時見鹿，溪午不聞鐘。（二冬）
野竹分青靄，飛泉掛碧峰。（二冬）
無人知所去，愁倚兩三松。（二冬）

秋野　杜甫

秋野日疏蕪（七虞），寒江動碧虛。（六魚）
繫舟蠻井絡，卜宅楚村墟。（六魚）
棗熟從人打，葵荒欲自鋤。（六魚）
盤飧老夫食，分減及溪魚。（六魚）

盛唐時期，首句用鄰韻很少見。到了晚唐及宋代，首句用鄰韻的情況非常多。現在舉幾個例子：

田家　歐陽修

綠桑高下映平川（一先），賽罷田神笑語喧。（十三元）
林外鳴鳩春雨歇，屋頭初日杏花繁。（十三元）

題西林壁　蘇軾

橫看成嶺側成峰（二冬），遠近高低各不同。（一東）
不識廬山真面目，只緣身在此山中。（一東）

山園小梅　林逋

眾芳搖落獨暄妍（一先），占盡風情向小園。（十三元）
疏影橫斜水清淺，暗香浮動月黃昏。（十三元）
霜禽欲下先偷眼，粉蝶如知合斷魂。（十三元）
幸有微吟可相狎，不須檀板共金樽。（十三元）

今體詩如果不是在首句，而是在其他地方用鄰韻，叫做「出韻」。在唐宋詩中，出韻的情況非常罕見。這裏舉兩個例子：

少年　李商隱

外戚平羌第一功（一東），生年二十有重封。（二冬）
宜登宣室螭頭上，橫過甘泉豹尾中。（一東）
別館覺來雲雨夢，後門歸去蕙蘭叢。（一東）
灞陵夜獵隨田竇，不識寒郊自轉蓬。（一東）

茂陵　李商隱

漢家天馬出蒲梢（三肴），苜蓿榴花遍近郊。（三肴）
內苑只知含鳳觜，屬車無復插雞翹。（二蕭）
玉桃偷得憐方朔，金屋修成貯阿嬌。（二蕭）
誰料蘇卿老歸國，茂陵松柏雨蕭蕭。（二蕭）

第六節　柏梁體

七言古詩有句句用韻的，叫做柏梁體。漢武帝作柏梁臺，和群臣共賦七言詩（聯句），句句用韻（平聲韻）。後人把句句用韻的七言詩稱為柏梁體。例如：

飲中八仙歌　杜甫

知章騎馬似乘船，眼花落井水底眠。
汝陽三斗始朝天，道逢麴車口流涎，
恨不移封向酒泉！
左相日興費萬錢，飲如長鯨吸百川，
銜杯樂聖稱避賢。
宗之瀟灑美少年，舉觴白眼望青天，
皎如玉樹臨風前。
蘇晉長齋繡佛前，醉中往往愛逃禪。
李白一斗詩百篇，長安市上酒家眠，

天子呼來不上船△，自稱臣是酒中仙△。
張旭三杯草聖傳△，脫帽露頂王公前△，
揮毫落紙如雲煙△。
焦遂五斗方卓然△，高談雄辯驚四筵△。

註釋

1 今人考證，《切韻》原來只有一百九十三韻。

2 平聲字多，分為兩卷。「上平聲」是平聲上卷的意思，「下平聲」是平聲下卷的意思。

3 △號表示韻腳。下同。

4 「意」字去聲，也可以認為韻腳，上去通押。

第三章　詩的平仄

第一節　四聲和平仄

古代漢語有四個聲調：（一）平聲；（二）上聲；（三）去聲；（四）入聲。現代漢語有許多方言（吳語、粵語、閩語、湘語、客家話等）都還保存着這個四聲[1]。但是，北方許多方言（包括北京話）和西南方言裏，入聲已經消失，平聲分為陰陽，成為新四聲，即（一）陰平；（二）陽平；（三）上聲；（四）去聲。

唐宋以後的詩詞是講究聲調的。在用韻時，平聲不和上去入聲押韻，上去聲也不和入聲押韻。律詩、絕句還要講究平仄。所謂「平」，指的是平聲（包括今之陰平、陽平）；所謂「仄」，指的是上去入三聲。「仄」就是不平的意思。在詩詞的寫作上，讓這兩類聲調互相交錯，就能使聲調多樣化，而不至於單調。這樣就造成詩詞的節奏美。平仄的規則非常重要。可以說，沒有平仄就沒有詩詞格律。

現在北方人和西南地區的人講究平仄遇到很大的困難，就因為不能辨別入聲字。

在普通話裏，入聲字轉入了陰平、陽平、上聲、去聲。在西南話裏，入聲字一律轉入了陽平。要解決這個問題，只有記住一些常用的入聲字。下面列舉一些常用的入聲字，以供參考。

一屋

屋木竹目服福祿谷熟穀肉族速鹿腹菊陸軸逐牧伏宿讀犢轂復粥肅育六縮哭幅斛戮僕畜蓄叔淑獨卜沐祝麓築穆覆禿郁夙孰朴矗[2]

二沃

沃俗玉足曲粟燭屬錄綠辱獄毒局欲束鵠[3]蜀促觸續督贖篤浴酷褥旭

三覺

覺角[4]岳樂捉朔卓琢剝駁雹确濁擢握學鐲

四質

質日筆出*室實×疾×術一*乙壹*吉×秩密率律逸栗七*虱*悉*戌必侄×聿茁×漆*膝*

五物

物佛×拂×弗×屈*鬱乞訖勿熨

六月

月骨×[5]髮發*闕越謁沒伐×罰×卒×竭忽*窟*鉞歇*突*襪勃×筏×掘×核×曰*蝎*

七曷

曷×達×末闊活×鉢*脫*奪×褐割*沫葛×渴撥*豁*括遏掇*喝*撮*咄*

八黠

黠×轄×札×拔×猾×滑×八*察×殺*剎[6]刷*

九屑

屑節×雪絕×列烈結×穴×説*血潔×別×缺*裂熱決×鐵滅折×拙*切*悦轍×訣×洩咽傑×徹哲×鱉*設齧劣掣截×
竊蔑跌*輟揭*桀×薛*噎*碣×

十藥

藥薄×惡略作樂落閣×鶴爵雀×弱約*腳×幕洛壑索郭*錯躍若縛酌×托*削*鐸×灼×鑿×[7]卻鵲諾漠鑰
著×虐掠泊×獲莫鑠愕鄂勺×謔廓霍爍鑊嚼×拓各桌*搏×礴×昨×

十一陌

陌石×客白×澤×伯×跡*宅×席×策碧籍×格×役帛×戟璧驛麥額×柏×魄積*脈夕*液冊尺隙逆劃百辟赤易
革×脊×獲適隔×益擲*[8]責×惜*僻辟腋掖釋擇×摘*斥奕迫疫赫炙藉×譯骼×翮×瘠×昔*碩

十二錫

錫*壁歷櫪擊*績*笛×敵×滴*鏑×檄×激*寂翟×析*溺覓狄×荻×靂礫剔*踢*的滌×戚*

十三職

職國德食蝕色力翼墨極息直得北黑側飾賊刻則塞式軾域殖植值敕飭棘惑默織匿億憶臆特勒仄稷識肋即逼克蜮拭弋陟測抑惻亟忒穡或

十四緝

緝輯[9]立集邑急入泣濕習給十拾什襲及級澀粒揖汁蟄笠執汲挹葺吸楫

十五合

合塔答雜臘納榻蠟匝闔沓榼踏鴿颯盍拉

十六葉

葉帖貼接喋蝶獵妾疊篋涉捷頰攝協諜挾饁燮輒

十七洽

洽狹峽法甲業匣壓鴨乏怯劫脇插押狎恰柙夾浹俠

第二節　今體詩的平仄

今體詩（律詩，絕句）的平仄，指的是句子的平仄格式。五言律詩共有四個句型，即：

（一）仄⃝仄平平仄
（二）平平仄仄平
（三）平⃝平平仄仄
（四）仄⃝仄仄平平

（字外加圈表示可平可仄。下同。）

四個句型錯綜變化，成為五言律詩的四種平仄格式，如下：

（一）首句仄起仄收式

仄⃝仄平平仄，平平仄仄平△。

(平)平平仄仄，(仄)仄仄平平。
(仄)仄平平仄，平平仄仄平。
(平)平平仄仄，(仄)仄仄平平。

春夜喜雨　杜甫

好雨知時節，當春乃發生。
隨風潛入夜，潤物細無聲。
野徑雲俱黑，江船火獨明。
曉看紅濕處，花重錦官城[10]。

旅夜書懷　杜甫

細草微風岸，危檣獨夜舟。
星垂平野闊，月湧大江流。
名豈文章著？官應老病休。

（「俱」讀 jū，「看」讀 kān）

飄飄何所似，天地一沙鷗。

秦州雜詩　杜甫

南使宜天馬，由來萬匹強。
浮雲連陣沒，秋草遍山長。
聞說真龍種，仍殘老驌驦。
哀鳴思戰鬥，迴立向蒼蒼。

這種平仄格式最為常見。

(二) 首句仄起平收式

(仄)仄仄平平，平平仄仄平。
(平)平平仄仄，(仄)仄仄平平。
(仄)仄平平仄，平平仄仄平。
(平)平平仄仄，(仄)仄仄平平。

終南山　王維

太乙近天都，連山到海隅。
白雲回望合，青靄入看無。
分野中峰變，陰晴眾壑殊。
欲投人處宿，隔水問樵夫。

（三）首句平起仄收式

㊥平平仄仄，㊀仄仄平平。
㊀仄平平仄，平平仄仄平。
㊥平平仄仄，㊀仄仄平平。
㊀仄平平仄，平平仄仄平。

山居秋暝　王維

空山新雨後，天氣晚來秋。

明月松間照，清泉石上流。
竹喧歸浣女，蓮動下漁舟。
隨意春芳歇，王孫自可留。

(四) 首句平起平收式

平平仄仄平，(仄)仄仄平平。
(仄)仄平平仄，平平仄仄平。
(平)平平仄仄，(仄)仄仄平平。
(仄)仄平平仄，平平仄仄平。

晚晴　李商隱

深居俯夾城，春去夏猶清。
天意憐幽草，人間重晚晴。
併添高閣迥，微注小窗明。
越鳥巢乾後，歸飛體更輕。

五言絕句是五言律詩的一半，所以也有四種平仄格式，如下：

(一) 首句仄起仄收式

(仄)仄平平仄，平平仄仄平。
(平)平平仄仄，(仄)仄仄平平。

相思　王維

紅豆生南國，春來發幾枝？
願君多採擷，此物最相思。

登鸛雀樓　王之渙

白日依山盡，黃河入海流。
欲窮千里目，更上一層樓。

問劉十九　白居易

綠蟻新醅酒，紅泥小火爐。
晚來天欲雪，能飲一杯無？

這種平仄格式最為常見。

（二）首句仄起平收式

㊀仄仄平平，平平仄仄平。
㊁平平仄仄，㊀仄仄平平。

哥舒歌　西鄙人

北斗七星高，哥舒夜帶刀。
至今窺牧馬，不敢過臨洮。

(三) 首句平起仄收式

(平)平平仄仄，(仄)仄仄平平。
(仄)仄平平仄，平平仄仄平。

聽箏　李端

鳴箏金粟柱，素手玉房前。
欲得周郎顧，時時誤拂弦。

(四) 首句平起平收式

平平仄仄平，(仄)仄仄平平。
(仄)仄平平仄，平平仄仄平。

閨人贈遠　王涯

花明綺陌春，柳拂御溝新。
為報遼陽客，流光不待人。

這種平仄格式罕見。

七言律詩也有四個句型，即：

（一）(平)平(仄)仄平平仄

（二）(仄)仄平平仄仄平

（三）(仄)仄(平)平平仄仄

（四）(平)平(仄)仄仄平平

四個句型錯綜變化，成為七言律詩的四種平仄格式，如下：

（一）首句平起平收式

(平)平(仄)仄仄平平△，(仄)仄平平仄仄平△。

(仄)仄(平)平平仄仄，(平)平(仄)仄仄平平△。

(平)平(仄)仄平平仄，(仄)仄平平仄仄平△。

(仄)仄(平)平平仄仄，(平)平(仄)仄仄平平△。

望薊門　祖詠

燕臺一去客心驚，笳鼓喧喧漢將營。
萬里寒光生積雪，三邊曙色動危旌。
沙場烽火連胡月，海畔雲山擁薊城。
少小雖非投筆吏，論功還欲請長纓。

長沙過賈誼宅　劉長卿

三年謫宦此棲遲，萬古唯留楚客悲。
秋草獨尋人去後，寒林空見日斜時。
漢文有道恩猶薄，湘水無情弔豈知？
寂寂江山搖落處，憐君何事到天涯？

（「涯」讀 yí）

隋宮　李商隱

紫泉宮殿鎖煙霞，欲取蕪城作帝家。

玉壐不緣歸日角，錦帆應是到天涯。
於今腐草無螢火，終古垂楊有暮鴉。
地下若逢陳後主，豈宜重問後庭花？

（「涯」讀 yá）

秋興（選三首）

杜甫

瞿唐峽口曲江頭，萬里風煙接素秋。
花萼夾城通御氣，芙蓉小苑入邊愁。
珠簾繡柱圍黃鵠，錦纜牙檣起白鷗。
回首可憐歌舞地，秦中自古帝王州。

昆明池水漢時功，武帝旌旗在眼中。
織女機絲虛夜月，石鯨鱗甲動秋風。
波漂菰米沉雲黑，露冷蓮房墜粉紅。
關塞極天惟鳥道，江湖滿地一漁翁。

昆吾御宿自逶迤，紫閣峰陰入渼陂。
香稻啄餘鸚鵡粒，碧梧棲老鳳凰枝。
佳人拾翠春相問，仙侶同舟晚更移。
彩筆昔曾干氣象，白頭吟望苦低垂。

這種格式最為常見。

（二）首句平起仄收式

(平)平(仄)仄平平仄，(仄)仄平平仄仄平。
(仄)仄(平)平平仄仄，(平)平(仄)仄仄平平。
(平)平(仄)仄平平仄，(仄)仄平平仄仄平。
(仄)仄(平)平平仄仄，(平)平(仄)仄仄平平。

客至　杜甫

舍南舍北皆春水，但見群鷗日日來。

花徑不曾緣客掃，蓬門今始為君開。
盤飧市遠無兼味，樽酒家貧只舊醅。
肯與鄰翁相對飲，隔籬呼取盡餘杯。

遣悲懷（其一）

元稹

謝公最小偏憐女，自嫁黔婁百事乖。
顧我無衣搜藎篋，泥他沽酒拔金釵。
野蔬充膳甘長藿，落葉添薪仰古槐。
今日俸錢過十萬，與君營奠復營齋。

酬樂天揚州初逢席上見贈

劉禹錫

巴山楚水淒涼地，二十三年棄置身。
懷舊空吟聞笛賦，到鄉翻似爛柯人。
沉舟側畔千帆過，病樹前頭萬木春。

（「過」讀 guō）

今日聽君歌一曲，暫憑杯酒長精神。

（三）首句仄起平收式

(仄)仄平平仄仄平，(平)平(仄)仄仄平平。
(平)平(仄)仄平平仄，(仄)仄平平仄仄平。
(仄)仄(平)平平仄仄，(平)平(仄)仄仄平平。
(平)平(仄)仄平平仄，(仄)仄平平仄仄平。

秋興（其四）

杜甫

聞道長安似弈棋，百年世事不勝悲。
王侯第宅皆新主，文武衣冠異昔時。
直北關山金鼓震，征西車馬羽書馳。
魚龍寂寞秋江冷，故國平居有所思。

（「勝」讀 shēng）

登柳州城樓寄漳汀封連四州　柳宗元

城上高樓接大荒，海天愁思正茫茫。
驚風亂颭芙蓉水，密雨斜侵薜荔牆。
嶺樹重遮千里目，江流曲似九迴腸。
共來百越文身地，猶自音書滯一鄉。

（「思」讀 sì）

自河南經亂，關內阻飢，兄弟離散，各在一方，因望月有感，聊書所懷　白居易

時難年荒世業空，弟兄羈旅各西東。
田園寥落干戈後，骨肉流離道路中。
弔影分為千里雁，辭根散作九秋蓬。
共看明月應垂淚，一夜鄉心五處同。

（「難」讀 nàn，「看」讀 kān）

村居初夏　陸游

天遣為農老故鄉，山園三畝鏡湖旁。
嫩莎經雨如秧綠，小蝶穿花似繭黃。
斗酒隻雞人笑樂，十風五雨歲豐穰。
相逢但喜桑麻長，欲話窮通已兩忘。

這種格式也很常見。

（四）首句仄起仄收式

(仄)仄(平)平平仄仄，(平)平(仄)仄仄平平。
(平)平(仄)仄平平仄，(仄)仄平平仄仄平。
(仄)仄(平)平平仄仄，(平)平(仄)仄仄平平。
(平)平(仄)仄平平仄，(仄)仄平平仄仄平。

（「忘」讀 wáng）

聞官軍收河南河北　杜甫

劍外忽傳收薊北，初聞涕淚滿衣裳。
卻看妻子愁何在？漫卷詩書喜欲狂。
白日放歌須縱酒，青春作伴好還鄉。
即從巴峽穿巫峽，便下襄陽向洛陽。

（「裳」讀 cháng，「看」讀 kān）

再授連州至衡陽酬柳柳州贈別　劉禹錫

去國十年同赴召，渡湘千里又分歧。
重臨事異黃丞相，三黜名慚柳士師。
歸目併隨回雁盡，愁腸正遇斷猿時。
桂江東過連山下，相望長吟有所思。

七言絕句是七言律詩的一半，所以也有四種平仄格式，如下：

（一）首句平起平收式

(平)平(仄)仄仄平平△，(仄)仄平平仄仄平△。
(仄)仄(平)平平仄仄，(平)平(仄)仄仄平平△。

涼州詞　王翰

葡萄美酒夜光杯△，·欲飲琵琶馬上催△。
醉臥沙場君莫·笑，古來征戰幾人回△？

早發白帝城　李白

朝辭·白帝彩雲間△，千里江陵·一·日還△。
兩岸猿聲啼·不住，輕舟已過萬重山△。

將赴吳興登樂遊原　杜牧

清時有味是無能△，閒愛孤雲靜愛僧△。
·欲把·一麾江海去，·樂遊原上望昭陵△。

泊秦淮　杜牧

煙籠寒水月籠沙，夜泊秦淮近酒家。
商女不知亡國恨，隔江猶唱後庭花。

從軍行　王昌齡

秦時明月漢時關，萬里長征人未還。
但使龍城飛將在，不教胡馬度陰山。

（「教」讀 jiāo）

這種格式最為常見。

（二）首句平起仄收式

(平)平(仄)仄平平仄，(仄)仄平平仄仄平。
(仄)仄(平)平平仄仄，(平)平(仄)仄仄平平。

大林寺桃花　白居易

人間四月芳菲盡，山寺桃花始盛開。
長恨春歸無覓處，不知轉入此中來。

憶江柳　白居易

曾栽楊柳江南岸，一別江南兩度春。
遙憶青青江岸上，不知攀折是何人。

（三）首句仄起平收式

㊀仄平平仄仄平，㊁平㊀仄仄平平。
㊁平㊀仄平平仄，㊀仄平平仄仄平。

芙蓉樓送辛漸　王昌齡

寒雨連江夜入吳，平明送客楚山孤。
洛陽親友如相問，一片冰心在玉壺。

軍城早秋　嚴武

昨夜秋風入漢關，朔雲邊月滿西山。
更催飛將追驕虜，莫遣沙場匹馬還。

赤壁　杜牧

折戟沉沙鐵未銷，自將磨洗認前朝。
東風不與周郎便，銅雀春深鎖二喬。

秋夕　杜牧

銀燭秋光冷畫屏，輕羅小扇撲流螢。
天階夜色涼如水，臥[11]看牽牛織女星。

江村即事　司空曙

釣罷歸來不繫船，江村月落正堪眠。
縱然一夜風吹去，只在蘆花淺水邊。

山行　杜牧

遠上寒山石徑斜，白雲深處有人家。
停車坐愛楓林晚，霜葉紅於二月花。

賈生　李商隱

宣室求賢訪逐臣，賈生才調更無倫。
可憐夜半虛前席，不問蒼生問鬼神。

夜雨寄北　李商隱

君問歸期未有期，巴山夜雨漲秋池。
何當共剪西窗燭，卻話巴山夜雨時。

這種格式也很常見。

（四）首句仄起仄收式

(仄)仄(平)平平仄仄，(平)(平)仄仄仄平平。
(平)平(仄)仄平平仄，(仄)仄平平仄仄平。

九月九日憶山東兄弟　王維

獨在異鄉為異客，每逢佳節倍思親。
遙知兄弟登高處，遍插茱萸少一人。

贈劉景文　蘇軾

荷盡已無擎雨蓋，菊殘猶有傲霜枝。
一年好景君須記，最是橙黃橘綠時。

第三節　平仄的變格

關於七言律詩、絕句的平仄，前人有個口訣，說的是：「一三五不論，二四六分明。」意思是說，在七字句中，第一、第三、第五字的平仄可以不拘，第二、第四、第六字的平仄必須分別清楚，該平的不能仄，該仄的不能平。由此類推，在五字句中，應該是「一三不論，二四分明」。這個口訣是不全面的，引起許多人的誤解。在本節裏，我們討論「一三五不論」的問題。

上文說過，五律、五絕、七律、七絕都有四個句型，即：

（一）平仄腳

（五言仄⃝仄平平仄，七言平⃝平仄⃝仄平平仄）；

（二）仄仄腳

（五言平⃝平平仄仄，七言仄⃝仄平⃝平平仄仄）；

（三）平平腳

（五言仄⃝仄仄平平，七言平⃝平仄⃝仄仄平平）；

（四）仄平腳

（五言平平仄仄平，七言仄⃝仄平平仄仄平）。

這四個句型有不同情況，四種句型第五字（五言第三字）的平仄以論為常格，不論為變格；第四種（仄平腳）句型第三字（五言第一字）必須用平聲，否則叫做「犯孤平」[12]。

下面分別舉例說明四種句型的平仄變格。

（一）平仄腳句型，五言第三字、七言第五字，以平聲為正格，仄聲為變格。例如：

送友人 李白

青山橫北郭，白水繞東城。
此地一[13]為別，孤蓬萬里征。
浮雲遊子意，落日故人情。
揮手自茲去，蕭蕭班馬鳴。

（「一」字「自」字宜平而仄）

輞川閒居贈裴秀才迪 王維

寒山轉蒼翠，秋水日潺湲。

倚杖柴門外，臨風聽暮蟬。
渡頭餘落日，墟里上孤煙。
復值接輿醉，狂歌五柳前。

（「接」字宜平而仄）

這種變格相當少見。如果出現的話，往往在下句同一位置上用一個平聲字作為補償，見下文第七節《拗救》。

（二）仄仄腳句型，五言第三字、七言第五字，以平聲為正格，仄聲為變格。例如：

次北固山下　王灣

客路青山外，行舟綠水前。
潮平兩岸闊，風正一帆懸。
海日生殘夜，江春入舊年。
鄉書何處達？歸雁洛陽邊。

（「兩」字宜平而仄）

破山寺後禪院　常建

清晨入古寺，初日照高林。
曲徑通幽處，禪房花木深。
山光悅鳥性，潭影空人心。
萬籟此俱寂，惟聞鐘磬音。

（「入」、「悅」二字宜平而仄）

蜀先主廟　劉禹錫

天地英雄氣，千秋尚凜然。
勢分三足鼎，業復五銖錢。
得相能開國，生兒不像賢。
淒涼蜀故妓，來舞魏宮前。

（「蜀」字宜平而仄）

八陣圖　杜甫

功蓋三分國，名成八陣圖。
江流石不轉，遺恨失吞吳。

（「石」字宜平而仄）

南鄰　杜甫

錦里先生烏角巾，園收芋栗未全貧。
慣看賓客兒童喜，得食階除鳥雀馴。
秋水才深四五尺，野航恰受兩三人。
白沙翠竹江村暮，相送柴門月色新。

（「看」讀kān，「四」字宜平而仄）

詠懷古跡（其二）　杜甫

搖落深知宋玉悲，風流儒雅亦吾師。
悵望千秋一灑淚，蕭條異代不同時。

江山故宅空文藻，雲雨荒臺豈夢思？
最是楚宮俱泯滅，舟人指點到今疑。　（「俱」讀jù，「一」字宜平而仄）

這種變格相當常見，但是有一個條件，就是五言第一字必平，七言第三字必平。

（三）平平腳句型，五言第三字、七言第五字，原則上要用仄聲，用平聲的是罕見的例外。例如：

終南望餘雪[14]　祖詠

終南陰嶺秀，積雪浮雲端。　（「浮」字宜仄而平）
林表明霽色，城中增暮寒。

錦瑟　李商隱

錦瑟無端五十弦，一弦一柱思華年[15]。

莊生曉夢迷蝴蝶，望帝春心託杜鵑。
滄海月明珠有淚，藍田日暖玉生煙。
此情可待成追憶？只是當時已惘然。

（「思」字宜仄而平）

（四）仄平腳句型，五言第三字、七言第五字，以仄聲為正格，平聲為變格。例如：

谷口書齋寄楊補闕　錢起

泉壑帶茅茨，雲霞生薜帷。
竹憐新雨後，山愛夕陽時。
閒鷺棲常早，秋花落更遲。
家童掃蘿徑，昨與故人期。

（「生」字宜仄而平）

登樓　杜甫

花近高樓傷客心，萬方多難此登臨。
錦江春色來天地，玉壘浮雲變古今。
北極朝廷終不改，西山寇盜莫相侵。
可憐後主還祠廟，日暮聊為梁父吟。

（「難」讀 nàn，「傷」字、「梁」字宜仄而平）

秋興（選二首）　杜甫

玉露凋傷楓樹林，巫山巫峽氣蕭森。
江間波浪兼天湧，塞上風雲接地陰。
叢菊兩開他日淚，孤舟一繫故園心。
寒衣處處催刀尺，白帝城高急暮砧。

（「楓」字宜仄而平）

夔府孤城落日斜，每依北斗望京華。
聽猿實下三聲淚，奉使虛隨八月槎。
畫省香爐違伏枕，山樓粉堞隱悲笳。
請看石上藤蘿月，已映洲前蘆荻花。

（「看」讀 kān，「蘆」字宜仄而平）

在四個句型中，這種變格最為常見。

在上述四種平仄變格之外，還有一種特定的變格，那就是把仄仄腳句型，五言第三四兩字平仄對調，七言第五六兩字平仄對調，即五言成為平平仄平仄，七言成為㊀仄平平仄平仄。例如：

見於第一句者：

天末懷李白　杜甫

涼風起天末，君子意如何？
鴻雁幾時到，江湖秋水多。

文章憎命達，魑魅喜人過。
應共冤魂語，投詩贈汨羅。

別房太尉墓

杜甫

他鄉復行役，駐馬別孤墳。
近淚無乾土，低空有斷雲。
對棋陪謝傅，把酒覓徐君。
唯見林花落，鶯啼送客聞。

詠懷古跡

杜甫

蜀主征吳幸三峽，崩年亦在永安宮。
翠華想像空山裏，玉殿虛無野寺中。
古廟杉松巢水鶴，歲時伏臘走村翁。
武侯祠屋長鄰近，一體君臣祭祀同。

見於第一、第五句者：

過故人莊　孟浩然

故人具雞黍，邀我至田家。
綠樹村邊合，青山郭外斜。
開軒面場圃，把酒話桑麻。
待到重陽日，還來就菊花。

見於第三句者：

秋興（其五）　杜甫

蓬萊宮闕對南山，承露金莖霄漢間。
西望瑤池降王母，東來紫氣滿函關。
雲移雉尾開宮扇，日繞龍鱗識聖顏。
一臥滄江驚歲晚，幾回青瑣點朝班。

（「降」讀 jiàng）

見於第三、第七句者：

夜泊牛渚懷古　李白

牛渚西江夜，青天無片雲。
登舟望秋月，空憶謝將軍。
余亦能高詠，斯人不可聞。
明朝掛帆去，楓葉落紛紛。

月夜　杜甫

今夜鄜州月，閨中只獨看。
遙憐小兒女，未解憶長安。
香霧雲鬟濕，清輝玉臂寒。
何時倚虛幌，雙照淚痕乾？

（「看」讀 kān）

見於第五句者：

詠懷古跡（其五） 杜甫

諸葛大名垂宇宙，宗臣遺像肅清高。
三分割據紆籌策，萬古雲霄一羽毛。
伯仲之間見伊呂，指揮若定失蕭曹。
運移漢祚終難復，志決身殲軍務勞。

這種變格以出現於第七句為常（絕句出現於第三句），一直沿用到現代。例如：

觀獵 王維

風勁角弓鳴，將軍獵渭城。
草枯鷹眼疾，雪盡馬蹄輕。
忽過新豐市，還歸細柳營。
回看射鵰處，千里暮雲平。

（「看」讀kān）

渡荊門送別

李白

渡遠荊門外，來從楚國遊。
山隨平野盡，江入大荒流。
月下飛天鏡，雲生結海樓。
仍憐故鄉水，萬里送行舟。

漢江臨眺

王維

楚塞三湘接，荊門九派通。
江流天地外，山色有無中。
郡邑浮前浦，波瀾動遠空。
襄陽好風日，留醉與山翁。

宿府

杜甫

清秋幕府井梧寒，獨宿江城蠟炬殘。
永夜角聲悲自語，中天月色好誰看？

風塵荏苒音書絕，關塞蕭條行路難。
已忍伶俜十年事，強移棲息一枝安。

（「看」讀 kān）

詠懷古跡（其一） 杜甫

支離東北風塵際，漂泊西南天地間。
三峽樓臺淹日月，五溪衣服共雲山。
羯胡事主終無賴，詞客哀時且未還。
庾信平生最蕭瑟，暮年詩賦動江關。

詠懷古跡（其三） 杜甫

群山萬壑赴荊門，生長明妃尚有村。
一去紫臺連朔漠，獨留青冢向黃昏。
畫圖省識春風面，環佩空歸月夜魂。
千載琵琶作胡語，分明怨恨曲中論。

（「論」讀 lún）

無題　李商隱

重幃深下莫愁堂，臥後清宵細細長。
神女生涯原是夢，小姑居處本無郎。
風波不信菱枝弱，月露誰教桂葉香？
直道相思了無益，未妨惆悵是清狂。

（「教」讀 jiāo）

江南逢李龜年　杜甫

岐王宅裏尋常見，崔九堂前幾度聞。
正是江南好風景，落花時節又逢君。

寄令狐郎中　李商隱

嵩雲秦樹久離居，雙鯉迢迢一紙書。
休問梁園舊賓客，茂陵秋雨病相如。

金谷園　杜牧

繁華事散逐香塵，流水無情草自春。
日暮東風怨啼鳥，落花猶似墜樓人。

這種特定的變格和上述仄仄腳的變格一樣，有一個條件，就是五言第一字、七言第三字必須用平聲[16]。

第四節　對和黏

律詩八句，分為四聯。第一聯叫做首聯，第二聯叫做頷聯，第三聯叫做頸聯，第四聯叫做尾聯。每聯的上句叫做出句，下句叫做對句。上句和下句的平仄關係，叫做「對」；前聯和後聯的平仄關係，叫做「黏」(nián)。

下句的平仄和上句的平仄相反，即相對立，所以叫做「對」。後聯出句的平仄和前聯對句的平仄相同，所以叫做「黏」。由於出句末字是仄聲，對句末字是平聲，後聯的平仄不可能與前聯的平仄完全相同，所以只能以後聯出句第二字的平仄與前聯對句第二字的平仄相同作為黏的標準。當然，如果是七言，第四字也要黏。例如：

旅夜書懷　杜甫

細草微風岸，危檣獨夜舟。
仄⃝仄平平仄，平平仄仄平（對）。
星垂平野闊，月湧大江流。
平⃝平平仄仄（黏），仄⃝仄仄平平（對）。
名豈文章著？官應老病休。
仄⃝仄平平仄（黏），平平仄仄平（對）。
飄飄何所似？天地一沙鷗。
平⃝平平仄仄（黏），仄⃝仄仄平平（對）。

無題　李商隱

相見時難別亦難，東風無力百花殘。
仄⃝仄平平仄仄平，平⃝平仄⃝仄仄平平（對）。

春蠶到死絲方盡，蠟炬成灰淚始乾。

(平)平(仄)仄平平仄（黏），(仄)仄平平仄仄平（對）。

曉鏡但愁雲鬢改，夜吟應覺月光寒。

(仄)仄(平)平平仄仄（黏），(平)平(仄)仄仄平平（對）。

蓬山此去無多路，青鳥殷勤為探看。

(平)平(仄)仄平平仄（黏），仄仄平平仄仄平（對）。

絕句是律詩的一半，所以絕句的對和黏也與律詩的對和黏相同。例如：

塞下曲　盧綸

月黑雁飛高，單于夜遁逃。

(仄)仄仄平平，平平仄仄平（對）。

欲將輕騎逐，大雪滿弓刀。

(平)平平仄仄（黏），(仄)仄仄平平（對）。

贈別　杜牧

多情卻似總無情，　唯覺尊前笑不成。
平⃝平仄⃝仄仄平平，　仄⃝仄平平仄仄平（對）。
蠟燭有心還惜別，　替人垂淚到天明。
仄⃝仄平⃝平平仄仄（黏），　仄⃝平仄⃝仄仄平平（對）。

長律的平仄也是依照對和黏的格律。即使長達一百韻（一百聯），只要我們知道首句第二字的平仄，全詩的平仄都可以推知。

律詩絕句不合對和黏的格律者，叫做「失對」、「失黏」。在唐宋五言律絕中，失對的情況非常罕見，現在只舉一個例子：

憶弟　杜甫

且喜河南定，　不問鄴城圍。
仄⃝仄平平仄，　仄仄仄平平（失對）。

百戰今誰在？　三年望汝歸。

(仄)仄平平仄（黏），平平仄仄平（對）。

故園花自發，　春日鳥還飛。

平平平仄仄（黏），仄仄仄平平（對）。

斷絕人煙久，　東西消息稀。

(仄)仄平平仄（黏），平平平仄平（對）。

七言律絕中，甚至是沒有。

失黏的情況，初唐、盛唐有一些。例如：

送著作佐郎崔融等從梁王東征　陳子昂

金天方肅殺，　白露始專征。

平平平仄仄，　仄仄仄平平（對）。

王師非樂戰，　之子慎佳兵。

(平)平平仄仄（失黏），(仄)仄仄平平（對）。

海氣侵南郡，　邊風掃北平。
仄⃝仄平平仄（黏），　平平仄仄平（對）。
莫賣盧龍塞，　歸邀麟閣名。
仄⃝仄平平仄（失黏），　平平仄仄平（對）。

出塞　王維

居延城外獵天驕，　白草連山野火燒。
平⃝平仄⃝仄仄平平，　仄⃝仄平平仄仄平（對）。
暮雲空磧時驅馬，　秋日平原好射鵰。
平⃝平仄⃝仄平平仄（失黏），　仄⃝仄平平仄仄平（對）。
護羌校尉朝乘障，　破虜將軍夜渡遼。
平⃝平仄⃝仄平平仄（失黏），　仄⃝仄平平仄仄平（對）。
玉靶角弓珠勒馬，　漢家將賜霍嫖姚。
仄⃝仄平⃝平平仄仄（黏），　平⃝平仄⃝仄仄平平（對）。

送元二使西安　王維

渭城朝雨浥輕塵，客舍青青柳色新。
平⃝平仄⃝仄平平，仄⃝仄平平仄仄平（對）。
勸君更盡一杯酒，西出陽關無故人。
平⃝平仄⃝仄仄平仄（失黏），仄⃝仄平平平仄平（對）。

滁州西澗　韋應物

獨憐幽草澗邊生，上有黃鸝深樹鳴。
平⃝平仄⃝仄仄平平，仄⃝仄平平平仄平（對）。
春潮帶雨晚來急，野渡無人舟自橫。
平⃝平仄⃝仄平平仄（失黏），仄⃝仄平平平仄平（對）。

中唐以後漸少，乃至於沒有了。

第五節　拗句和拗體

古人把律詩中不合平仄的句子稱為拗句。初唐、盛唐某些詩人的律絕中出現一些拗句。例如：

望洞庭湖贈張丞相　孟浩然

八月湖水平，涵虛混太清。（「湖水」二字拗）
(仄)仄仄平平，平平仄仄平。
氣蒸雲夢澤，波撼岳陽城。
(平)平平仄仄，(仄)仄仄平平。
欲濟無舟楫，端居恥聖明。
(仄)仄平平仄，平平仄仄平。
坐觀垂釣者，徒有羨魚情。
(平)平平仄仄，(仄)仄仄平平。

黃鶴樓　崔顥

昔人已乘黃鶴去，此地空餘黃鶴樓。（「乘」「鶴」二字拗）
(平)平(仄)仄平平仄，(仄)仄平平仄仄平。
黃鶴一去不復返，白雲千載空悠悠。（「去不」二字拗）
(仄)仄(平)平平仄仄，(平)平(仄)仄仄平平。
晴川歷歷漢陽樹，芳草萋萋鸚鵡洲[17]。
(平)平(仄)仄平平仄，(仄)仄平平仄仄平。
日暮鄉關何處是，煙波江上使人愁。
(仄)仄(平)平平仄仄，(平)平(仄)仄仄平平。

全詩用拗句，或大部份用拗句，叫做拗體。杜甫、蘇軾等詩人都寫過拗體律詩。

例如：

崔氏東山草堂　杜甫

愛汝玉山草堂靜，高秋爽氣相鮮新[18]。（「草堂」二字拗）
(仄)仄(平)平平仄仄，(平)平(仄)仄仄平平。

有時自發鐘磬響，落日更見漁樵人。（「磬」字拗）（「更見漁樵」四字拗）

(平)平(仄)仄平平仄，(仄)仄平平仄仄平。

盤剝白鴉谷口栗，飯煮青泥坊底芹[19]。（「谷」字拗）

(仄)仄(平)平仄仄平，(仄)仄平平仄仄平（失對）。

何為西莊王給事，柴門空閉鎖松筠。

(仄)仄(平)平平仄仄，(平)平(仄)仄仄平平。

壽星院寒碧軒　蘇軾

清風肅肅搖窗扉，窗前修竹一尺圍。（「搖」字拗）（「尺」字拗）

(平)平(仄)仄仄平平，(平)平(仄)仄仄平平（失對）。

紛紛蒼雪落夏簟，冉冉綠霧沾人衣。（「落夏」二字拗）（「綠霧沾人」四字拗）

(平)平(仄)仄平平仄，(仄)仄平平仄仄平。

日高山蟬抱葉響，人靜翠羽穿林飛。（「蟬抱葉」三字拗）（「翠羽穿林」四字拗）

(平)平(仄)仄平平仄（失黏），(仄)仄平平仄仄平。

道人絕粒對寒碧，為問鶴骨何緣肥。（「對」字拗）（「鶴骨何緣」四字拗）

㊥平㊀仄平平仄（失黏），㊀仄平平仄仄平。

第六節　拗救

律詩中雖然出現了拗句，但詩人有補救的辦法，這就是「拗救」。所謂「拗救」，就是前面該用平聲的地方用了仄聲字，就在後面適當的地方用一個平聲字作為補償。拗救有兩種：第一種是本句自救，第二種對句相救。

（一）本句自救，就是孤平拗救。前面說過，在律詩、絕句中，仄平腳的句型，五言第一字、七言第三字必須用平聲，否則叫做「犯孤平」。但是，如果在五言第三字、七言第五字用個平聲字作為補償，也就沒有毛病了。這叫做孤平拗救。例如：

寄江滔求孟六遺文　劉昚虛

南望襄陽路，思君情轉親。

偏知漢水廣，應與孟家鄰。

在日貧為善，昨來聞更貧。（拗救）
相如有遺草，一為問家人。

宿五松山下荀媼家　李白

我宿五松下，寂寥無所歡。（拗救）
田家秋作苦，鄰女夜舂寒。
跪進雕胡飯，月光明素盤。（拗救）
令人慚漂母，三謝不能餐。

夜宿山寺　李白

危樓高百尺，手可摘星辰。
不敢高聲語，恐驚天上人。（拗救）

遣悲懷（其三）　元稹

閒坐悲君亦自悲，百年多是幾多時？

鄧攸無子尋知命，潘岳悼亡猶費詞。（拗救）
同穴窅冥何所望？他生緣會更難期。
唯將終夜常開眼，報答平生未展眉。

（二）對句相救又分兩種：（甲）大拗必救；（乙）小拗可救可不救。

（甲）大拗必救，指的是出句平仄腳句型，五言第四字拗、七言第六字拗，必須在對句的五言第三字、七言第五字用一個平聲字作為補償。例如：

奉濟驛重送嚴公　杜　甫

遠送從此別，青山空復情。（拗救）
幾時杯重把？昨夜月同行。
列郡謳歌惜，三朝出入榮。
江村獨歸去，寂寞養殘生。

（「重」字，義從平聲，字讀上聲。）

孤雁　杜甫

孤雁不飲啄，飛鳴聲念群。（拗救）
誰憐一片影，相失萬重雲。
望盡似猶見，哀多如更聞。
野鴉無意緒，鳴噪自紛紛。

草　白居易

離離原上草，一歲一枯榮。
野火燒不盡，春風吹又生。（拗救）
遠芳侵古道，晴翠接荒城。
又送王孫去，萋萋滿別情。

登樂遊原　李商隱

向晚意不適，驅車登古原。（拗救）
夕陽無限好，只是近黃昏。

（乙）小拗可救可不救，指的是出句平仄腳句型，五言第三字拗，七言第五字拗，可以在對句五言第三字、七言第五字用一個平聲字作為補償。這種小拗可以不救（見上節「平仄的變格」）；但是，詩人往往在這種地方用救。例如：

贈孟浩然 李白

吾愛孟夫子，風流天下聞。（拗救）
紅顏棄軒冕，白首臥松雲。
醉月頻中聖，迷花不事君。
高山安可仰？從此挹清芬。

祖席 韓愈

淮南悲木落，而我亦傷秋。
況與故人別，那堪羈宦愁。（拗救）
榮華今異路，風雨昔同憂。
莫以宜春遠，江山多勝遊。

（「那」讀nuó）

送友人　李白

青山橫北郭，白水繞東城。
此地一為別，孤蓬萬里征。（未救）
浮雲遊子意，落日故人情。
揮手自茲去，蕭蕭班馬鳴。（拗救）

留別王維　孟浩然

寂寂竟何待？朝朝空自歸。（拗救）
欲尋芳草去，惜與故人違。
當路誰相假？知音世所稀。
只應守寂寞，還掩故園扉。

在許多情況下，本句自救（孤平拗救）是和對句相救同時並用的。例如：

（甲）大拗和孤平拗救並用：

與諸子登峴山　孟浩然

人事有代謝，往來成古今。（大拗，孤平救）
江山留勝跡，我輩復登臨。
水落魚梁淺，天寒夢澤深。
羊公碑尚在，讀罷淚沾襟。

除夜有懷　崔塗

迢遞三巴路，羈危萬里身。
亂山殘雪夜，孤獨異鄉人。
漸與骨肉遠，轉於僮僕親。（大拗，孤平救）
那堪正漂泊，明日歲華新。（「那」讀 nuó）

落花　李商隱

高閣客竟去，小園花亂飛。（大拗，孤平救）
參差連曲陌，迢遞送斜暉。

腸斷未忍掃，眼穿仍欲歸。（大拗，孤平救）
芳心向春盡，所得是沾衣。

夜泊水村　陸　游

腰間羽箭久凋零，太息燕然未勒銘。
老子猶堪絕大漠，諸君何至泣新亭？
一身報國有萬死，雙鬢向人無再青。（大拗，孤平救）
記取江湖泊船處，卧聞新雁落寒汀。（「燕」讀 yān）

（乙）小拗和孤平拗救並用：

早寒有懷　孟浩然

木落雁南渡，北風江上寒。（小拗，孤平救）
我家襄水曲，遙隔楚雲端。

鄉淚客中盡，孤帆天際看。（小拗救，「看」讀 kān）
迷津欲有問，平海夕漫漫。（「漫」讀 mán）

送人東遊　溫庭筠

荒戍落黃葉，浩然離故關。（小拗，孤平救）
高風漢陽渡，初日郢門山。
江上幾人在，天涯孤棹還。（小拗救）
何當重相見，樽酒慰離顏。（「重」讀 zhòng）

喜外弟盧綸見宿　司空曙

靜夜四無鄰，荒居舊業貧。
雨中黃葉樹，燈下白頭人。
以我獨沉久，愧君相見頻。（小拗，孤平救）
平生自有分，況是霍家親！（「分」讀 fèn）

咸陽城東樓　許渾

一上高城萬里愁，蒹葭楊柳似汀洲。
溪雲初起日沉閣，山雨欲來風滿樓。（小拗，孤平救）
鳥下綠蕪秦苑夕，蟬鳴黃葉漢宮秋。
行人莫問當年事，故國東來渭水流。

新城道中（選一）　蘇軾

東風知我欲山行，吹斷檐間滴雨聲。
嶺上晴雲披絮帽，樹頭初日掛銅鉦。
野桃含笑竹籬短，溪柳自搖沙水清。（小拗，孤平救）
西崦[20]人家應最樂，煮葵燒筍餉春耕。

回鄉偶書　賀知章

少小離家老大回，鄉音無改鬢毛摧[21]。
兒童相見不相識，笑問客從何處來。（小拗，孤平救）

（丙）小拗、大拗、孤平拗救同時並用：

蕃劍　杜甫

致此自僻遠，又非珠玉裝。（小拗，大拗，孤平救）

如何有奇怪，每夜吐光芒。

虎氣必騰上，龍身寧久藏。（小拗救）

風塵苦未息，持汝奉明王。

唐人善用拗救的格律，拗救的情況相當常見。宋代以後，除蘇軾、陸游幾個大家外，就很罕見了。

第七節　古體詩的平仄

從前人們以為古體詩是不講究平仄的。後來清代趙執信著《聲調譜》，證明古體詩也有平仄的講究，不過古體詩的平仄和今體詩的平仄大不相同。就五言、七言的三字腳來說，就有下列的四種格式：

仄平仄；

仄仄仄；

平仄平；

平平平。

例如：

下終南山過斛斯山人宿置酒　李白

暮從碧山下（仄平仄），
山月隨人歸（平平平）。
卻顧所來徑（仄平仄），
蒼蒼橫翠微（平仄平）。
相攜及田家，
童稚開荊扉（平平平）。
綠竹入幽徑（仄平仄），

青蘿拂行衣。
歡言得所憩（仄仄仄），
美酒聊共揮（平仄平）。
長歌吟松風（平平平），
曲盡河星稀（平平平）。
我醉君復樂，
陶然共忘機。（「忘」讀 wáng）

夢李白　杜甫

死別已吞聲，
生別長惻惻。
江南瘴癘地（仄仄仄），
逐客無消息。
故人入我夢（仄仄仄），
明我長相憶。

君今在羅網（仄平仄），
何以有羽翼（仄仄仄），
恐非平生魂（平平平），
路遠不可測（仄仄仄），
魂來楓林青（平平平），
魂返關塞黑。
落月滿屋樑，
猶疑照顏色（仄平仄）。
水深波浪闊，
無使蛟龍得。

韓碑　李商隱

元和天子神武姿（平仄平），
彼何人哉軒與羲（平仄平）。
誓將上雪列聖恥（仄仄仄），

坐法宮中朝四夷（平仄平）。
淮西有賊五十載（仄仄仄），
封狼生貙貙生羆（平平平）。
不據山河據平地（仄平仄），
長戈利矛日可麾。
帝得聖相相曰度（仄仄仄），
賊斫不死神扶持（平平平）。
腰懸相印作都統（仄平仄），
陰風慘澹天王旗（平平平）。
愬武古通作牙爪（仄平仄），
儀曹外郎載筆隨。
行軍司馬智且勇（仄仄仄），
十四萬眾猶虎貔（平仄平）。
入蔡縛賊獻太廟（仄仄仄），
功無與讓恩不訾[22]（平仄平）。

帝曰「汝度功第一，
汝從事愈宜為辭」（平平平）。
愈拜稽首蹈且舞（仄仄仄），
「金石刻畫臣能為（平平平）。
古者世稱大手筆（仄仄仄），
此事不繫於職司（平仄平）。
當仁自古有不讓」（仄仄仄），
言訖屢頷天子頤（平仄平）。
公退齋戒坐小閣（仄仄仄），
濡染大筆何淋漓（平平平）。
點竄堯典舜典字（仄仄仄），
塗改清廟生民詩（平平平）。
文成破體書在紙，
清晨再拜鋪丹墀（平平平）。
表曰「臣愈昧死上」（仄仄仄），

詠神聖功書之碑（平平平）。
碑高三丈字如斗（仄平仄），
負以靈鼇蟠以螭（平仄平）。
句奇語重喻者少（仄仄仄），
讒之天子言其私（平平平）。
長繩百尺拽碑倒（仄平仄），
粗沙大石相磨治（平平平）[23]。
公之斯文若元氣（仄平仄），
先時已入人肝脾（平平平）。
湯盤孔鼎有述作（仄仄仄），
今無其器存其辭（平平平）。
嗚呼聖皇及聖相（仄仄仄），
相與烜赫流淳熙（平平平）。
公之斯文不示後（仄仄仄），
曷與三五相攀追（平平平）？

願書萬本誦萬遍（仄仄仄），
口角流沫右手胝。
傳之七十有二代（仄仄仄），
以為封禪玉檢明堂基（平平平）。

在四種三字腳當中，最常見的是平平平，叫做「三平調」。三平調是古體詩的典型。上面所舉李白詩中的「隨人歸」、「開荊扉」、「吟松風」、「河星稀」，杜甫詩中的「平生魂」、「楓林青」，李商隱詩中的「貙生羆」、「神扶持」、「天王旗」、「宜為辭」、「臣能為」、「何淋漓」、「生民詩」、「鋪丹墀」、「書之碑」、「言其私」、「相磨治」、「人肝脾」、「存其辭」、「流淳熙」、「相攀追」、「明堂基」等，都是三平調，可見不是偶然的。

拗句是古體詩的特點[24]。上面所舉李白詩中的「暮從碧山下」、「相攜及田家」、「青蘿拂行衣」、「美酒聊共揮」、「長歌吟松風」、「我醉君復樂」、「陶然共忘機」，杜甫詩中的「生別長惻惻」、「何以有羽翼」、「恐非平生魂」、「路遠不可測」、「魂來楓林青」、「魂返關塞黑」、「落月滿屋樑」，李商隱詩中的「元和天子神武姿」、「彼何人哉軒與羲」、「誓將上雪列聖恥」、「淮西有賊五十載」、「封狼生貙貙生羆」、「長戈利矛日可麾」等，都是拗句。

凡詩，如果全篇用拗句，或者大部份用拗句同時運用仄韻，即使句數、字數與律詩相同（五言四十字，七言五十六字），也應該認為是古體詩。例如：

望嶽 杜甫

岱宗夫如何（拗），齊魯青未了（拗）。
造化鍾神秀，陰陽割昏曉。
蕩胸生曾雲（拗），決眦入歸鳥。
會當凌絕頂，一覽眾山小。

有些古體詩也講究對和黏。當然，古體詩的對和黏，只能以每句的第二字為準，因為有許多拗句，第四字（七言還有第六字）就不能有對和黏了。例如上面所舉杜甫《望嶽》，「魯」與「宗」是對，「化」與「魯」是黏，「陽」與「化」是對，「胸」與「陽」是黏，「眦」與「胸」是對，「覽」與「當」是對。但這種對和黏不是硬性規定的，例如杜甫《望嶽》第七句的「當」（平聲）和第六句的「眦」（仄聲）就不黏。下面舉出一首完全黏對的古體詩。

宿業師山房待丁大不至　孟浩然

夕陽度西嶺，群壑倏已暝（對）。
松月生夜涼（黏），風泉滿清聽（對）。
樵人歸欲盡（黏），煙鳥棲初定（對）。
之子期宿來（黏），孤琴候蘿徑（對）。

總的說來，古體詩不講黏對的較多。講黏對的古體詩，大約是受今體詩格律的影響。

第八節　入律的古風

上文說過，古體詩的平仄和今體詩的平仄不同。但是，有一種古體詩用的今體詩的平仄，叫做「入律的古風」。入律的古風有三個特點：

（一）全詩用律句或基本上用律句（通常是七言）；

（二）換韻，而且往往是平仄韻交替；

（三）往往是四句一換韻，換韻後第一句入韻，全詩好像是許多首七絕的組合。

例如：

桃源行　王維

漁舟逐水愛山春（律），
兩岸桃花夾古津（律）。
坐看紅樹不知遠（律），
行盡青溪忽值人（律）。
山口潛行始隈隩（律）[25]，
山開曠望旋平陸（律）。
遙看一處攢雲樹（律），
近入千家散花竹（律）。

樵客初傳漢姓名（律），
居·人未改秦衣△服（律）。
居人共住武陵△源（律），
還從·物外起田△園（律）。
·月明松下房櫳靜（律），
·日·出雲中雞犬△喧（律）。
驚聞·俗·客爭來△集（律），
竟引還家問都△邑（律）。
平明閭巷掃花開（律），
·薄暮漁樵乘水△入（律）。
初因避地去人△間（律），
·及至成仙遂·不△還（律）。
·峽裏誰知有人事（律），
世中遙望空雲△山（律）。
·不疑靈境難聞△見（律），

塵心未盡思鄉縣△（律）。
出洞無論隔山水（律），
辭家終擬長游衍△（律）。
自謂經過舊不迷（律），
安知峰壑今來變△（律）。
當時只記入山深（律），
青溪幾度到雲林△（律）。
春來遍是桃花水（律），
不辨仙源何處尋△（律）。

（「看」讀 kān，「論」讀 lún，「過」讀 guō。）

白居易的《長恨歌》、《琵琶行》，元稹的《連昌宮詞》等，屬於入律的古風一類。這裏為篇幅所限，不具引。

第九節　古絕

絕句起源於律詩之前。唐以前的絕句不講平仄，也可以押仄韻。唐以後，詩人們也寫這種絕句。後人把今體的絕句稱為「律絕」，古體的絕句稱為「古絕」。古絕多用拗句，有些古絕還用仄韻。例如：

（一）平韻古絕：

靜夜思　李白

床前明月光，疑是地上霜（拗）。
舉頭望明月（失黏），低頭思故鄉（失對）。

怨情　李白

美人捲珠簾（拗），深坐顰蛾眉（三平調）。
但見淚痕濕，不知心恨誰。

(二) 仄韻古絕：

送崔九　裴迪

歸山深淺去，須盡邱壑美（拗）。
莫學武陵人，暫遊桃源裏（拗）。

喜雨　孟郊

朝見一片雲（拗），暮成千里雨。
淒清濕高枝（拗），散漫沾荒土。

有些絕句，用的是仄韻，但是全詩用律句，或者用律詩容許的變格和拗救。這種絕句的性質在古絕和律絕之間。例如：

鹿柴　王維

空山不見人（律），但聞人語響（律）。
返景入深林（律），復照青苔上（律）。

春曉　孟浩然

春眠不覺曉（律變），處處聞啼鳥（律）。
夜來風雨聲（孤平拗救），花落知多少（律）？

江雪　柳宗元

千山鳥飛絕（律變），萬徑人蹤滅（律）。
孤舟蓑笠翁（律變），獨釣寒江雪（律）。

由此看來，古絕和律絕的界限是不很清楚的。

註釋

1 有些地方，四聲各分陰陽，即陰平、陽平；陰上、陽上；陰去、陽去；陰入、陽入。

2 *號表示今普通話讀陰平，×號表示今普通話讀陽平，懂普通話的人只要記住這些就行了，其他轉入上去聲的字用不着記，因為上去聲和入聲同屬仄聲。

3 「鵠」讀陽平（hú），指天鵝；又讀上聲（gǔ），指箭靶子。

4 「角」讀陽平（jué），指競爭，演員；又讀上聲（jiǎo），指犄角。

5 「骨」讀陽平（gú），指骨頭；又讀上聲（gǔ），指骨氣，品質（傲骨，媚骨）。

6 「刹」讀去聲（chà），指佛寺。

7 「鑿」讀陽平（záo），指穿孔；又讀去聲（zuò），指穿鑿（文言）。

8 「擲」讀陰平（zhī），指撒下（色子）；又讀陽平（zhí），指躑躅；又讀去聲（zhì），指扔，投。

9 「緝」讀陰平（jī），指緝拿；又讀陰平（qī），指一種縫紉方法。

10 字的下面加着重號「·」，表示入聲。下同。

11 「臥」，一作「坐」。

12 「孤平」是個舊術語，指七字句「仄仄仄平仄仄平」。除韻腳外，只有一個平聲字，所以叫做孤平。這個術語容易誤解，以為別的句型也有孤平（如五言仄仄仄平平）。這裏沿用舊術語，只是為了證明這種格律是傳統的。科舉時代，試帖詩犯孤平就算不及格。

13 此處字下的圓圈表示變格。下同。

14 這首詩也可以認為是「古絕」（見下文），那麼就沒有變格的問題。

15 「思」字有平去兩讀，這裏的「思」字也可以認為義從平聲，字讀去聲，那麼也就沒有變格的問題。

16 第一句有個別例外，如孟浩然《過故人莊》：「故人具雞黍，邀我至田家。」杜甫《登岳陽樓》：「昔聞洞庭水，今上岳陽樓。」

17 嚴格地說，第二句「黃」字、第四句「空」字、第五句「漢」字、第六句「鸚」字都算拗，但「漢」與「鸚」是拗救，參看下節。

18 嚴格地說，「相」字也算拗。

19 嚴格地說，「坊」字也算拗。

20 「崦」讀如「掩」（yǎn），上聲。

21 「摧」，各本作「哀」，今依沈德潛《唐詩別裁集》作「摧」。

22 「訾」，讀如「資」（zī），平聲。

23 「治」讀如「持」（chí），平聲。

24 古體詩無所謂「拗句」。這裏所謂「拗句」，指非律句。

25 「山口」句、「近入」句、「競引」句、「峽裏」句、「出洞」句為特定變格(仄)仄平平仄平仄，也算律句。

第四章　對仗

第一節　今體詩的對仗

對仗，指的是出句和對句的詞義成為對偶，如「天」對「地」，「風」對「雨」，「長」對「短」，「來」對「去」，等等。拿今天的語法術語來說，就是名詞對名詞，代詞對代詞，形容詞對形容詞，動詞對動詞[1]，副詞對副詞。

律詩的對仗，一般用在中兩聯，即頷聯和頸聯。例如：

秋日赴闕題潼關驛樓　許渾

紅葉晚蕭蕭，長亭酒一瓢。
殘雲歸太華，疏雨過中條。（「華」讀 huà）
樹色隨關迥，河聲入海遙。
帝鄉明日到，猶自夢漁樵。

（「殘」、「疏」，形容詞；「雲」、「雨」，名詞；「歸」、「過」，動詞；「太華」、「中條」，專名。「樹」、「河」，名詞；「色」、「聲」，名詞；「隨」、「入」，動詞；「關」、「海」，名詞；「迥」、「遙」，形容詞。）

無題 李商隱

颯颯東風細雨來，芙蓉塘外有輕雷。
金蟾嚙鎖燒香入，玉虎牽絲汲井回。
賈氏窺簾韓掾少，宓妃留枕魏王才。
春心莫共花爭發，一寸相思一寸灰。

（「金蟾」、「玉虎」，「香」、「井」，名詞；「嚙」、「牽」，「燒」、「汲」，「入」、「回」，動詞。「賈氏」、「宓妃」，「韓掾」、「魏王」，「簾」、「枕」，名詞；「窺」、「留」，動詞；「少」、「才」，形容詞。）

對仗可以多到三聯，即首聯、頷聯、頸聯都用對仗。例如：

登岳陽樓　杜甫

昔聞洞庭水，今上岳陽樓。
吳楚東南坼，乾坤日夜浮。
親朋無一字，老病有孤舟。
戎馬關山北，憑軒涕泗流。

黃州　陸游

局促常悲類楚囚，遷流還嘆學齊優。
江聲不盡英雄恨，天意無私草木秋。
萬里羈愁添白髮，一帆寒日過黃州。
君看赤壁終陳跡，生子何須似仲謀？

（「看」讀 kān）

也可以少到一聯，即頷聯不用對仗，只在頸聯用對仗。這種情況比較罕見。另有一種情況，即在首聯、頸聯都用對仗，而在頷聯不用。例如：

送杜少府之任蜀州　王勃

城闕輔三秦，風煙望五津。
與君離別意，同是宦遊人。
海內存知己，天涯若比鄰。
無為在歧路，兒女共沾巾。

尾聯一般不用對仗，只有少數例外。例如：

聞官軍收河南河北　杜甫

劍外忽傳收薊北，初聞涕淚滿衣裳。
郤看妻子愁何在？漫卷詩書喜欲狂。
白日放歌須縱酒，青春作伴好還鄉。
即從巴峽穿巫峽，便下襄陽向洛陽。

絕句可以不用對仗。如果用，就用在首聯。例如：

何滿子　張祜

故國三千里，深宮二十年。
一聲何滿子，雙淚落君前。

夜上受降城聞笛　李益

回樂峰前沙似雪，受降城外月如霜。
不知何處吹蘆管，一夜征人盡望鄉。

也有首尾兩聯都用對仗，不過比較少見。例如：

登鸛雀樓　王之渙

白日依山盡，黃河入海流。
欲窮千里目，更上一層樓。

絕句　杜甫

兩個黃鸝鳴翠柳，一行白鷺上青天。

窗含西嶺千秋雪，門泊東吳萬里船。

長律（常見的是五言長律）除首尾兩聯不用對仗以外，其餘各聯都用對仗。由於聯聯排比，所以長律又稱排律。上文第一章所舉張巡的《守睢陽詩》，第二章第二節所舉錢起的《湘靈鼓瑟》，都是長律的例子。這裏不另舉例了。

律詩有三種特殊的對仗，值得注意。第一種是數目對；第二種是顏色對；第三種是方位對。分別舉例如下：

（一）數目對，例如：

楚塞三湘接，荊門九派通。——（王維《漢江臨眺》）

城闕輔三秦，風煙望五津。——（王勃《送杜少府之任蜀州》）

潮平兩岸闊，風正一帆懸。——（王灣《次北固山下》）

烽火連三月，家書抵萬金。——（杜甫《春望》）

勢分三足鼎，業復五銖錢。——（劉禹錫《蜀先主廟》）

五更疏欲斷，一樹碧無情。——（李商隱《蟬》）

萬里悲秋常作客，百年多病獨登臺。——（杜甫《登高》）

三峽樓臺淹日月，五溪衣服共雲山。——（杜甫《詠懷古跡》）

千尋鐵鎖沉江底，一片降幡出石頭。——（劉禹錫《西塞山懷古》）

弔影分為千里雁，辭根散作九秋蓬。——（白居易《自河南經亂，關內阻飢，兄弟離散，各在一方，因望月有感，聊書所懷》）

萬里寒光生積雪，三邊曙色動危旌。——（祖詠《望薊門》）

（二）顏色對，例如：

客路青山外，行舟綠水前。——（王灣《次北固山下》）

紅顏棄軒冕，白首臥松雲。——（李白《贈孟浩然》）

白雲回望合，青靄入看無。——（王維《終南山》）

綠樹村邊合，青山郭外斜。——（孟浩然《過故人莊》）

白日放歌須縱酒，青春作伴好還鄉。——（杜甫《聞官軍收河南河北》）

一去紫臺連朔漠，獨留青冢向黃昏。——（杜甫《詠懷古跡》）

（三）方位對，例如：

青山橫北郭，白水繞東城。——（李白《送友人》）

北極朝廷終不改，西山寇盜莫相侵。——（杜甫《登樓》）

直北關山金鼓震，征西車馬羽書馳。——（杜甫《秋興八首》）

西望瑤池降王母，東來紫氣滿函關。——（杜甫《秋興八首》）

名詞又可以分為若干類，凡同類相對者，叫做工對。例如：

（一）天文類，例如：

月下飛天鏡，雲生結海樓。——（李白《渡荊門送別》）

浮雲遊子意，落日故人情。——（李白《送友人》）

星臨萬户動，月傍九霄多。——（杜甫《春宿左省》）

露從今夜白，月是故鄉明。——（杜甫《月夜憶舍弟》）

星垂平野闊，月湧大江流。——（杜甫《旅夜書懷》）

驚風亂颭芙蓉水，密雨斜侵薜荔牆。——（柳宗元《登柳州城樓寄漳汀封連四州》）

玉璽不緣歸日角，錦帆應是到天涯。——（李商隱《隋宮》）

（二）地理類，例如：

分野中峰變，陰晴眾壑殊。——（王維《終南山》）

海日生殘夜，江春入舊年。——（王灣《次北固山下》）

山隨平野盡，江入大荒流。——（李白《渡荊門送別》）

樹色隨關迥，河聲入海遙。——（許渾《秋日赴闕題潼關驛樓》）

錦江春色來天地，玉壘浮雲變古今。——（杜甫《登樓》）

滄海月明珠有淚，藍田日暖玉生煙。——（李商隱《錦瑟》）

嶺樹重遮千里目，江流曲似九迴腸。——（柳宗元《登柳州城樓寄漳汀封連四州》）

（三）時令類，例如：

曉戰隨金鼓，宵眠抱玉鞍。——（李白《塞下曲》）

幾時杯重把，昨夜月同行。——（杜甫《奉濟驛重送嚴公四韻》）

畫圖省識春風面，環佩空歸夜月魂。——（杜甫《詠懷古跡》。按，「夜月」一般多作「月夜」。）

曉鏡但愁雲鬢改，夜吟應覺月光寒。——（李商隱《無題》）

（四）動物類，例如：

草枯鷹眼疾，雪盡馬蹄輕。——（王維《觀獵》）

雲移雉尾開宮扇，日繞龍鱗識聖顏。——（杜甫《秋興八首》）

金蟾嚙鎖燒香入，玉虎牽絲汲井回。——（李商隱《無題》）

莊生曉夢迷蝴蝶，望帝春心托杜鵑。——（李商隱《錦瑟》）

（五）植物類，例如：

退朝花底散，歸院柳邊迷。——（杜甫《晚出左掖》）

秋草獨尋人去後，寒林空見日斜時。——（劉長卿《長沙過賈誼宅》）

風波不信菱枝弱，月露誰教桂葉香。——（李商隱《無題》）

野桃含笑竹籬短，溪柳自搖沙水清。——（蘇軾《新城道中》）

此外還有人倫類、身體類、宮室類、服飾類、器用類，等等，不一一舉例了。名詞不同類而相對，叫做寬對。例如：

青菰臨水拔，白鳥向山翻。——（王維《輞川閒居》）（「菰」對「鳥」，植物對動物。）

樹深時見鹿，溪午不聞鐘。——（李白《訪戴天山道士不遇》）（「樹」對「溪」，植物對地理；「鹿」對「鐘」，動物對器用。）

玉桃偷得憐方朔，金屋修成貯阿嬌。——（李商隱《茂陵》）（「桃」對「屋」，植物對宮室。）

嶺上晴雲披絮帽，樹頭初日掛銅鉦。——（蘇軾《新城道中》）（「嶺」對「樹」，地理對植物；「帽」對「鉦」，服飾對器用。）

有一種對仗，一個詞有兩個不同的意義，詩人在詩中用的是甲義，但實際是借用乙義與另一詞成為工對，這叫做借對。例如：

少年曾任俠，晚節更為儒。——（王維《崔錄事》）（年節的「節」借為節操的「節」）

飄零為客久，衰老羨君還。——（杜甫《涪江泛舟送韋班歸京》）（君臣的「君」借為代名詞的「君」）

白法調狂象，玄言問老龍。——（王維《黎拾遺昕裴迪見過秋夜對雨之作》）（黑色的「玄」借為玄妙的「玄」）

另一種借對是借音。例如：

野日荒荒白，春流泯泯清。——（杜甫《漫成》）（借「清」為「青」）

寄身且喜滄洲近，顧影無如白髮何。——（劉長卿《江州重別薛六》）（借「滄」為「蒼」）

對仗，一般是上聯一句，下聯一句，各自獨立的。但是，也有一種對仗，是上下聯合成一句，上聯不能獨立成句的，叫做流水對。例如：

海內存知己，天涯若比鄰。——（王勃《送杜少府之任蜀州》）

玉璽不緣歸日角，錦帆應是到天涯。——（李商隱《隋宮》）

即從巴峽穿巫峽，便下襄陽向洛陽。——（杜甫《聞官軍收河南河北》）

寫詩不應該片面地要求工對，因為過於纖巧，反而束縛思想。一般地說，宋詩不及唐詩，其中一個原因，就是宋詩往往比唐詩纖巧。

第二節　古體詩的對仗

古體詩可以完全不用對仗。有時候，為了修辭的需要，可以用一些對仗。對仗用在甚麼地方都可以。例如：

前出塞（其六）　杜甫

挽弓當挽強，用箭當用長。
射人先射馬，擒賊先擒王。
殺人亦有限，立國自有疆。
苟能制侵陵，豈在多殺傷？

凶宅　白居易

長安多大宅，列在街西東。
往往朱門內，房廊相對空。
梟鳴松桂枝，狐藏蘭菊叢。
蒼苔黃葉地，日暮多旋風。
前主為將相，得罪竄巴庸。
後主為公卿，寢疾殁其中。
連延四五主，殃禍疊相重。
自從十年來，不利主人翁。

風雨壞檐隙，蛇鼠穿牆墉。
人疑不敢買，日毀土木功。
嗟嗟俗人心，甚矣其愚蒙！
但恐災將至，不思禍所從。
我今題此詩，欲悟迷者胸。
凡為大官人，年祿多高崇。
權重持難久，位高勢易窮。
驕者勢之盈，老者數之終。
四者如寇盜，日夜來相攻。
假使居吉土，孰能保其躬？
因小以明大，借家可喻邦。
周秦宅崤函，其宅非不同。
一興八百年，一死望夷宮。
寄語家與國，人凶非宅凶。

田家　　聶夷中

父耕原上田，子劚山下荒。
六月禾未秀，官家已修倉。
二月賣新絲，五月糶新穀。
醫得眼前瘡，剜卻心頭肉。
我願君王心，化作光明燭。
不照綺羅筵，只照逃亡屋。

宣州謝朓樓餞別校書叔雲　　李白

棄我去者昨日之日不可留，
亂我心者今日之日多煩憂2。
長風萬里送秋雁，對此可以酣高樓。
蓬萊文章建安骨，中間小謝又清發。
俱懷逸興壯思飛，欲上青天覽明月。
抽刀斷水水更流，舉杯銷愁愁更愁。

人生在世不稱意，明朝散髮弄扁舟。

古體詩的對仗和今體詩不同。第一，今體詩（律詩）的對仗，出句與對句不能同字；古體詩的對仗，出句與對句可以（而且常常）同字。例如上文所舉杜甫的「挽弓當挽強，用箭當用長」、「射人先射馬，擒賊先擒王」，白居易的「驕者勢之盈，老者數之終」，聶夷中的「二月賣新絲，五月糶新穀」、「不照綺羅筵，只照逃亡屋」，李白的「抽刀斷水水更流，舉杯銷愁愁更愁」。第二，今體詩的對仗必須是平對仄，仄對平，否則是失對；古體詩可以是平對平，仄對仄。例如上文所舉白居易的「梟鳴松桂枝，狐藏蘭菊叢」、「風雨壞檐隙，蛇鼠穿牆墉」，聶夷中的「醫得眼前瘡，剜卻心頭肉」。總之，古體詩的對仗是很自由的。

註釋

1 有時候，動詞（特別是不及物動詞）可以對形容詞。

2 此聯是半對半不對。

卷下 詞

第一章 詞牌和詞譜

詞起源於唐代，盛行於宋代。詞是從詩發展來的，所以又叫做「詩餘」。詞的特點是長短句，所以有人把詞叫做「長短句」。

按照字數多少，詞可以分為三大類：五十八字以內為小令；五十九字至九十字為中調；九十一字以上為長調。

按照詞的段落，詞可以分為四類：（一）不分段，稱為單調，往往是小令；（二）分為前後兩段，又叫前闋、後闋，稱為雙調；（三）分為三段，稱為三疊；（四）分為四段，叫做四疊。雙調最為常見，其次是小令；三疊、四疊罕用。

詞有詞牌，如《菩薩蠻》、《憶秦娥》等。詞牌並不就是題目[1]，它們只表示某詞的平仄、字數、句數、韻腳等。後人把每一詞牌的平仄、字數、句數、韻腳標示出來，成為詞譜。按照詞譜寫詞，叫做「填詞」。

現在把常見的一些詞牌和詞譜列舉於後：

1、菩薩蠻（雙調四十四字） 李　白[2]

(平)平(仄)仄平平仄△（仄韻），
平林漠·漠·煙如織△，
(平)平(仄)仄平平仄△（協）。
寒山一·帶傷心碧△。
(仄)仄仄平平△（換平韻），
暝色·入·高樓△，
(仄)平平仄平[3]（協）。
有人樓上愁△。
(平)平平仄仄△（三換仄韻），
玉·階空佇立△，
(仄)仄平平仄△（協）。
宿·鳥歸飛急△。
(仄)仄仄平平△（四換平韻），
何處是歸程△？
(仄)平平仄平△（協），
長亭連短亭△。

2、憶秦娥（雙調四十六字） 李　白

平(平)仄△，
簫聲咽△，
(平)平(仄)仄平平仄△。
秦娥夢斷秦樓月△。
平平仄△（疊三字），
秦樓月△，
(平)平(仄)仄，
年年柳色·，

仄平平仄△（協）。
灞陵傷別△。
(平)平(仄)仄平平仄△，
樂·遊原上清秋節△，
(平)平(仄)仄平平仄△。
咸陽古道音塵絕△。
平平仄△（疊三字），
音塵絕△，
(平)平(仄)仄，
西風殘照，
仄平平仄△。
漢家陵闕△。（此調多用入聲韻）

3、憶江南（單調二十七字。又名望江南、江南好）　李煜

平(仄)仄，
多少恨，
(仄)仄仄平平△。
昨·夜·月明中△。
(仄)仄(平)平平仄仄，
還似舊時遊上苑，
(平)平(仄)仄仄平平△。
車如流水馬如龍△。
(仄)仄仄平平△。
花·月正春風△。

4、浪淘沙（雙調五十四字） 李煜

(仄)仄平平△，
簾外雨潺潺△，
(仄)仄平平△。
春意闌珊△。
(平)平(仄)仄仄平平△。
羅衾不·耐五更寒△。
(仄)仄(平)平平仄仄，
夢裏不·知身是客·，
(仄)仄平平△。
一·晌貪歡△。
(仄)仄仄平平△，
獨·自莫·憑欄△，
(仄)仄平平△。
無限江山△。
(平)平(仄)仄仄平平△。
別·時容易見時難△。
(仄)仄(平)平平仄仄，
流水落·花春去也，
(仄)仄平平△。
天上人間△。（前後闋同）

5、漁家傲（雙調六十二字） 范仲淹

(仄)仄(平)平平仄仄△，
塞下秋來風景異△，
(平)平(仄)仄平平仄△。
衡陽雁去無留意△。

(仄)仄(平)平平仄仄。
四面邊聲連角起。
平(仄)仄，
千嶂裏，
(平)平(仄)仄平平仄。
長煙落日孤城閉。
(仄)仄(平)平平仄仄，
濁酒一杯家萬里，
(平)平(仄)仄平平仄。
燕然未勒歸無計。
(仄)仄(平)平平仄仄。
羌管悠悠霜滿地。
平(仄)仄，
人不寐，
(平)平(仄)仄平平仄。
將軍白髮征夫淚。（前後闋同）

6、浣溪沙（雙調四十二字） 晏殊

(仄)仄平平仄仄平，
一曲新詞酒一杯，
(平)平(仄)仄仄平平。
去年天氣舊亭臺。
(平)平(仄)仄仄平平？
夕陽西下幾時回？
(仄)仄(平)平平仄仄，
無可奈何花落去，
(平)平(仄)仄仄平平。
似曾相識燕歸來。

(平)平(仄)仄仄平平。
小園香徑獨徘徊。（後闋頭兩句常用對仗）

7、臨江仙（雙調六十字）

夜歸臨皋　蘇軾

(仄)仄(平)平平仄仄，
夜飲東坡醒復醉，
(平)平(仄)仄平平。
歸來彷彿三更。
(平)平(仄)仄仄平平。
家童鼻息已雷鳴。
(平)平平仄仄，
敲門都不應，
(仄)仄仄平平。
倚杖聽江聲。
(仄)仄(平)平平仄仄，
長恨此身非我有，
(平)平(仄)仄平平？
何時忘卻營營？
(平)平(仄)仄仄平平。
夜闌風靜縠紋平。
(平)平平仄仄，
小舟從此逝，
(仄)仄仄平平。
江海寄餘生。（前後闋同）

8、念奴嬌（雙調一百字）

赤壁懷古　蘇軾

(仄)平平仄，
大江東去，

仄(平)仄、(平)仄(平)平平仄。
浪淘盡、千古風流人物。
(仄)仄(平)平平仄仄，
故壘西邊人道是，
(仄)仄平平(仄)仄。
三國周郎赤壁。
(仄)仄平平，
亂石穿空，
(平)平(仄)仄，
驚濤拍岸，
(仄)仄平平仄。
捲起千堆雪。
(仄)平平仄，
江山如畫，

(仄)平平仄平仄？
一時多少豪傑？
(平)仄(平)仄平平，（或(平)平(仄)仄平平）
遙想公瑾當年，
(仄)平平仄仄，
小喬初嫁了，
(仄)平平仄[4]。
雄姿英發。
(仄)仄(平)平平仄仄，
羽扇綸巾談笑處[5]，
(仄)仄(平)平平仄。
檣櫓灰飛煙滅。
(仄)仄平平，
故國神遊，

(平)平(仄)仄，
多情應笑，
(仄)仄平平仄△。
我早生華髮△。
(仄)平平仄，
人生如夢，
(仄)平平仄平仄△。
一樽還酹江月△。（此調一般用入聲韻）

9、桂枝香（雙調一百零一字）

金陵懷古　王安石

平平仄仄△。
登臨送目△。
仄仄仄(仄)平，
·正故國晚秋，
(仄)(平)平仄△。
天氣初肅△。
(仄)仄平平(仄)仄，
千里澄江似練，
仄平平仄△。
翠峰如簇△。
(平)平(仄)仄平平仄，
征帆去棹殘陽裏，
仄平平、(仄)平平仄△。
背西風、酒旗斜矗△。
仄平平仄，
彩舟雲淡，
(仄)平(平)仄，
星河鷺起，

仄平平△仄。
畫圖難△足。
仄(仄)仄、平平仄△仄。
念往·昔、繁華競△逐。
仄(仄)仄平平，
嘆門外樓頭，
(平)(仄)平△仄。
悲恨相△續。
(仄)仄平平(仄)仄，
千古憑高對此，
仄平平△仄。
謾嗟榮△辱。
(平)平(仄)仄平平仄，
·六朝舊事隨流水，
仄平平、(平)仄平△仄。
但寒煙、衰草凝△綠。
仄平平仄，
至今商女，
(平)平(仄)仄，
時時猶唱，
仄平平△仄。
後庭遺△曲。

10、蝶戀花（雙調六十字，又名鵲踏枝） 馮延巳[6]

(仄)仄(平)平平仄△仄。
·六·曲闌干偎·碧△樹。
(仄)仄平平，
楊柳風輕，

(仄)仄平平仄。
展盡黃金縷。
(仄)仄(平)平仄仄？
誰把鈿箏移玉柱？
(平)平(仄)仄平平仄。
穿簾燕子雙飛去[7]。
(仄)仄(平)平平仄仄。
滿眼游絲兼落絮。
(仄)仄平平，
紅杏開時，
(仄)仄平平仄，
一霎清明雨。
(仄)仄(平)平平仄仄，
濃睡覺來鶯亂語，
(平)平(仄)仄平平仄。
驚殘好夢無尋處。（前後闋同）

11、卜算子（雙調四十四字） 詠梅 陸游

(仄)仄仄平平，
驛外斷橋邊，
(仄)仄平平仄。
寂寞開無主。
(仄)仄平平仄仄平，
已是黃昏獨自愁，
(仄)仄平平仄。
更著風和雨。
(仄)仄仄平平，
無意苦爭春，

(仄)仄平平仄。
一任群芳妒。
(仄)仄平平仄仄平，
零落成泥碾作塵，
(仄)仄平平仄。
只有香如故。（前後闋同）

12、水調歌頭（雙調九十五字） 蘇軾

丙辰中秋，歡飲達旦，大醉，作此篇，兼懷子由。

(仄)仄(平)平仄？
明月幾時有？
(仄)仄仄平平。
把酒問青天。

(平)平(仄)仄(平)仄(仄)仄仄平平[8]。
不知天上宮闕今夕是何年。
(仄)仄(平)平(平)仄，
我欲乘風歸去，
(仄)仄平平(平)仄，
又恐瓊樓玉宇[9]，
(仄)仄仄平平。
高處不勝寒。
(仄)仄(平)平仄，
起舞弄清影，
(仄)仄仄平平？
何似在人間？
(平)(平)(仄)，
轉朱閣，

(平)(平)仄，
低綺户，
仄平△平。
照無△眠。
(平)平(仄)仄，
不應有恨，
(平)仄(仄)仄仄平△平[10]？
何事常向別時△圓？
(仄)仄(平)平(平)仄，
人有悲歡離合，
(仄)仄平平(平)仄，
月有陰晴圓缺，
(仄)仄仄平△平。
此事古難△全。

(仄)仄(平)平仄，
但願人長久，
(仄)仄仄平△平。
千里共嬋△娟。

13、西江月（雙調五十字）夜行黃沙道中　辛棄疾

(仄)仄(平)平(仄)仄，
明月別枝驚鵲，
(平)平(仄)仄平△平。
清風半夜鳴△蟬。
(平)平(仄)仄仄平△平，
稻花香裏説豐△年，
(仄)仄(平)平(仄)△仄（換仄協）[11]。
聽取蛙聲一△片。

(仄)仄(平)平(仄)仄，
七八個星天外，
(平)平(仄)仄平平△。
兩三點雨山前△。
(平)平(仄)仄仄平平△，
舊時茅店社林邊△，
(仄)仄(平)平(仄)仄△（換仄協）。
路轉溪橋忽見△[12]。
（前後闋同。前後闋頭兩句用對仗。）

14、鷓鴣天（雙調五十五字）　秦觀

(仄)仄平平(仄)仄平△，
枕上流鶯和淚聞△，
(平)平(仄)仄仄平平△。
新啼痕間舊啼痕△。
(平)平(仄)仄平平仄，
一春魚鳥無消息，
(仄)仄平平(仄)仄平△。
千里關山勞夢魂△。
平仄仄，
無一語，
仄平平△。
對芳樽△。
(平)平(仄)仄仄平平△。
安排腸斷到黃昏△。
(平)平(仄)仄平平仄，
甫能炙得燈兒了，
(仄)仄平平(仄)仄平△。
雨打梨花深閉門△。

15、清平樂（雙調四十六字）　村居　辛棄疾

(仄)平(平)仄△，
茅檐低小△，
(仄)仄平平仄△。
溪上青青草△。
(仄)仄(平)平平仄仄△，
醉裏吳音相媚好△，
(仄)仄(平)平(平)仄△。
·白·髮誰家翁媼△。

(平)平(仄)仄平平△，
大兒鋤豆溪東△，
(平)平(仄)仄平平△，
中兒正·織雞籠△，
(仄)仄(平)平(仄)仄△，
最喜小兒無賴△，
(平)平(仄)仄平平△。
溪頭臥·剝蓮蓬△。（後闋換平聲韻）

16、如夢令（單調三十三字）　李清照

(仄)仄(仄)平平仄△，
·昨夜雨疏風驟△，
(仄)仄(仄)平平仄△。
濃睡·不消殘酒△。
(仄)仄仄平平，
試問捲簾人，
(仄)仄(仄)平平仄△。
·卻道「海棠依舊△」。

平仄？
知否？
平仄（疊句）？
知否？
(仄)仄(仄)平平仄。
應是綠肥紅瘦。

17、訴衷情（雙調四十四字）　陸游

(平)平(仄)仄仄平平，
當年萬里覓封侯，
(仄)仄仄平平。
匹馬戍梁州。
(平)平(仄)仄平仄？
關河夢斷何處？
(仄)仄仄平平[13]。
塵暗舊貂裘。

平仄仄，
胡未滅，
仄平平，
鬢先秋，
仄平平。
淚空流。
(仄)平平仄，
此生誰料，
(仄)仄平平，
心在天山，
(仄)仄平平。
身老滄洲。

18、十六字令（單調十六字） 蔡伸

平△，
天△，
（仄）仄平平仄仄平△。
休使圓蟾照客·眠△！
平平仄，
人何在？
（仄）仄仄平平△。
桂影自嬋娟△。

19、減字木蘭花（雙調四十四字） 呂渭老

（平）平（仄）仄△，
雨簾高捲△，
（仄）仄（平）平平仄仄△。
芳樹陰陰連別·館△。
（仄）仄平平△（換平韻），
涼氣侵樓△，
（仄）仄平平（仄）仄平△。
蕉葉·荷枝各·自秋△。
（平）平（仄）仄△（三換仄韻），
前溪夜舞△，
（仄）仄（平）平平仄仄△。
化作·驚鴻留不·住△。
（仄）仄平平△（四換平韻），
愁損腰肢△，
（仄）仄平平（仄）仄平△。
一·桁香銷舊舞衣△。（每兩句一換韻）

20、賀新郎（雙調一百一十六字，又名金縷曲）寄李伯紀丞相　張元幹

(仄)仄平平△仄，
·曳杖危樓△去，
·仄平平、(平)平仄仄，
斗垂天、滄波萬頃，
仄平平△仄。
·月流煙△渚。
(仄)仄(平)平平仄仄，
掃盡浮雲風·不定，
(仄)仄平平△仄。
未放扁舟夜△渡。
(仄)仄仄、平平平△仄。
·宿雁·落、寒蘆深△處。

(仄)仄(平)平平仄仄，
悵望關河空弔影，
仄平平、(仄)仄平平△仄。
正人間、·鼻·息鳴鼉△鼓。
平仄仄、仄平△仄？
誰伴我、醉中△舞？
(平)平(仄)仄平平△仄，
·十年·一夢揚州△路，
仄平平、(平)平仄仄，
倚高寒、愁生故·國，
仄平平△仄。
氣吞驕△虜。
(仄)仄(平)平平仄仄，
要斬樓蘭三·尺劍，

(仄)仄平平(仄)仄。
遺恨琵琶舊語。
(仄)仄仄、平平平仄。
謾暗澀、銅華塵土。
(仄)仄(平)平平(仄)仄，
喚取謫仙平章看，
仄平平、(仄)仄平平仄？
過苕溪、尚許垂綸否？
平仄仄、仄平仄。
風浩蕩、欲輕舉。

21、齊天樂（雙調一百零二字）　蟬　王沂孫

仄平平仄平平仄，
一襟餘恨宮魂斷，
平平仄平平仄。
年年翠陰庭樹。
(仄)仄平平，
乍咽涼柯，
(平)平(仄)仄，
還移暗葉，
(仄)仄平平(仄)仄。
重把離愁深訴。
(平)平(仄)仄。
西窗過雨。
仄(仄)仄平平，
怪瑤佩流空，
仄平平仄。
玉箏調柱。

(仄)仄平平，
鏡暗妝殘，
仄平平仄仄平仄△？
為誰嬌鬢尚如許△？
(平)平平仄平仄，
銅仙鉛淚如洗，
仄(平)平仄仄，
嘆移盤去遠，
平仄平仄△。
難貯零露△。
(仄)仄平平，
病翼·驚秋，
(平)平(仄)仄，
枯形閱·世，

(仄)仄平平(仄)仄△？
消得·斜陽幾度△？
(平)平仄仄△。
餘音更苦△。
仄(仄)仄平平，
甚獨·抱清商，
仄平平仄△。
頓成淒楚△。
(仄)仄平平，
謾想薰風，
(平)平平仄仄△。
柳絲千萬縷△。

22、沁園春（雙調一百一十四字） 有感

陸游

(仄)仄平平，
孤鶴歸飛，
(仄)仄平平，
再過遼天，
仄仄仄平△。
換盡舊人△。
仄(平)平(仄)仄，
念纍纍枯冢，
(平)平(仄)仄，
茫茫夢境，
(平)平(仄)仄，
王侯螻蟻，
(仄)仄平平△。
畢竟成塵△。
(仄)仄平平，
載酒園林，
(平)平(仄)仄，
尋花巷陌，
(仄)仄平平(仄)仄平△？
當日何曾輕負春△？
平平仄，
流年改，
仄(平)平(仄)仄，
嘆圍腰帶剩，
(仄)仄平平△。
點鬢霜新△。

平平(仄)仄平平△。
交親散落如雲△[14]。
(仄)(仄)仄、平平(平)仄平△！
又豈料、如今餘此身△！
仄(仄)平(平)仄，
幸眼明身健，
(平)平(仄)仄，
茶甘飯軟，
(平)平(仄)仄，
非惟我老，
(仄)仄平平△。
更有人貧△。
(仄)仄平平，
躲盡危機，
(平)平(仄)仄，
消殘壯志，
(仄)仄平平(仄)仄平△。
短艇湖中間採蒓△。
平(平)仄？
吾何恨？
仄(平)平(仄)仄，
有漁翁共醉，
(仄)仄平平△。
溪友為鄰△。

23、風入松（雙調七十六字） 春園 吳文英

(平)平(仄)仄仄平平△，
聽風聽雨過清明△，

(平)仄仄平平△。
愁草瘞花銘△。
(平)平仄仄平平仄，
樓前綠暗分攜路，
仄平(平)·、仄仄平平△。
·一絲柳、·一寸柔情△。
(仄)仄平平(仄)仄，
料峭春寒中酒，
(平)平(仄)仄平平△。
交加曉夢啼鶯△。
(平)平(仄)仄仄平平△，
西園·日·日掃林亭△，
(平)仄仄平平△。
依舊賞新晴△。

(平)平(仄)仄平平仄，
黃蜂頻·撲秋千·索，
仄平(平)、(仄)仄平平△。
有當時、纖手香凝△。
(平)仄平平(仄)仄，
惆悵雙鴛不·到，
(平)平(仄)仄平平△。
幽階·一夜苔生△。

24、一翦梅（雙調六十字）　舟過吳江　蔣捷

(仄)仄平平(仄)仄平△。
·一片春愁帶酒澆△[15]。
(仄)仄平平△，
江上舟搖△，

(仄)仄平△。
樓上簾招△。
(平)平(仄)仄仄平△。
秋娘容與泰娘嬌△[16]。
(仄)仄平平，
風又飄飄△，
(仄)仄平△。
雨又瀟瀟△[17]。
(仄)仄平平(仄)仄平△？
何日雲帆卸浦橋△？[18]
(仄)仄平平，
銀字箏調△，
(仄)仄平平△。
心字香燒△。

(平)平(仄)仄仄平平△。
流光容易把人拋△。
(仄)仄平平△，
紅了櫻桃△，
(仄)仄平平△！
綠了芭蕉△[19]！（前後闋同）

25、滿江紅（雙調九十三字）　岳飛

(仄)仄平平，
怒髮衝冠，
(平)(平)仄、(平)平(仄)仄△。
憑闌處、瀟瀟雨歇△。
(平)(仄)仄，(仄)平平仄，
抬望眼，仰天長嘯，

(仄)平平仄。
壯懷激烈[20]。
(仄)仄(平)平平仄仄，
三十功名塵與土，
(平)平(仄)仄平平仄。
八千里路雲和月。
仄(仄)平、仄仄仄平平，
莫等閒、白了少年頭，
平平仄。
空悲切。
仄(平)仄，
靖康恥，
平(仄)仄。
猶未雪。

(平)(仄)仄，
臣子恨，
平平仄？
何時滅？
(仄)(平)平仄仄、仄平平仄。
駕長車踏破、賀蘭山缺。
(仄)仄(平)平平仄仄，
壯志飢餐胡虜肉，
(平)平(仄)仄平平仄。
笑談渴飲匈奴血。
仄(平)平、(仄)仄仄平平，
待從頭、收拾舊山河，
平平仄。
朝天闕。（此詞一般用入聲韻）

26、採桑子（雙調四十四字，又名醜奴兒）

別情 呂本中

(平)平(仄)仄平平仄，
恨君不似江樓月，
(仄)仄平平△。
南北東西△。
(仄)仄平平△（疊句），
南北東西△，
(仄)仄平平(仄)仄平△。
只有相隨無別離△。
(平)平(仄)仄平平仄，
恨君卻似江樓月，
(仄)仄平平△。
暫滿還虧△。
(仄)仄平平△（疊句）[21]，
暫滿還虧△，
(仄)仄平平(仄)仄平△？
待到團圓是幾時△？（前後闋同）

27、生查子（雙調四十字）

元夕 朱淑真[22]

(平)平(仄)仄平[23]，
去年元夜時，
(仄)仄平平仄△。
花市燈如晝△。
(仄)仄仄平平，
月上柳梢頭，

(仄)仄平平仄△。
人約·黃昏後△。
(平)平(仄)仄平，
今年元夜時，
(仄)仄平平仄△。
月·與燈依舊△。
(仄)仄仄平平，
不·見去年人，
(仄)仄平平仄△。
淚濕·春衫袖△。（前後闋同）

28、點絳唇（雙調四十一字）　李清照

(仄)仄平平，
蹴·罷秋千，
(平)平(仄)仄平平仄△。
起來慵整纖纖手△。
仄平平仄△，
露濃花瘦△，
(仄)仄平平仄△。
薄·汗輕衣透△。
(仄)仄平平，
見有人來，
(仄)仄平平仄△。
襪·剗金釵溜△。
平平仄△，
和羞走△，
仄平平仄△，
倚門回首△，

(仄)仄平平仄△。
·卻把青梅嗅△。

29、永遇樂（雙調一百零四字）

京口北固亭懷古　辛棄疾

(仄)仄平平，
千古江山，
(平)平(仄)仄、
英雄無·覓[24]、
平仄平仄△[25]。
孫仲謀處△。
(仄)仄平平，
舞榭歌臺，
(平)平(仄)仄、
風流總被、

(仄)仄平平仄△。
雨打風吹·去△。
(平)平(仄)仄，
斜陽草樹，
(平)平(仄)仄，
尋常巷陌·，
(仄)仄仄平·平仄△。
人道寄奴曾住△。
(仄)平(平)、(平)平(仄)仄，
想當年、金戈鐵·馬，
(仄)(平)仄(仄)平仄△。
氣吞萬里如虎△。
(平)平(仄)仄，
元嘉草草，

(平)平平仄，
封狼居胥[26]，
(仄)仄平平(仄)△仄。
贏·得倉皇·北△顧。
(仄)仄平平，
四·十三年，
(仄)平(平)仄，
望中猶記，
(平)仄平平△仄。
烽火揚州△路。
(仄)平(平)仄，
可堪回首，
(仄)平(平)仄，
·佛狸祠下，
(仄)仄平平(仄)△仄！
·一片神鴉社△鼓！
(平)平(仄)、平平仄仄，
憑誰問：廉頗老矣，
仄平仄△仄？
尚能飯△否？

30、望海潮（雙調一百零七字）　柳永

(仄)平平仄，
東南形勝，
(仄)平平仄，
江吳都會，
(平)平(仄)仄平△平。
錢塘自古繁△華。

(仄)仄(平)平，
煙柳畫橋，
(平)平(仄)仄，
風簾翠幕·，
(平)平(仄)仄平平△。
參差十·萬人家△。
(仄)仄仄平平△。
雲樹繞堤沙△。
仄平仄平仄[27]，
怒濤捲霜雪·，
(仄)仄平平△。
天塹無涯△。
(仄)仄平平，
市列·珠璣，

仄平平仄，
戶盈羅綺，
仄平平△[28]。
競豪奢△。
(平)平(仄)仄平平△。
重湖疊·巘清嘉△。
仄(平)平(仄)仄，
有三秋桂子，
(仄)仄平平△。
十·里荷花△。
(仄)仄平平，
羌管弄晴，
(平)平(仄)仄，
菱歌泛夜，

(平)平(仄)仄平△平。
嬉嬉釣叟蓮△娃。
(仄)仄仄平△平。
千騎擁高△牙。
仄仄平平仄，
乘醉聽簫鼓[29]，
(仄)仄平△平。
吟賞煙△霞。
(仄)仄平平(仄)仄，
異日圖將好景，
(仄)仄仄平△平。
歸去鳳池△誇[30]。

31、長相思（雙調三十六字） 白居易

(仄)(平)△平，
汴水△流，
(仄)(平)△平[31]，
泗水△流，
(仄)仄平平(仄)仄△平。
流到瓜州古渡△頭。
(平)平(仄)仄△平。
吳山點點△愁[32]。

(仄)(平)△平，
思悠△悠[33]，
(仄)(平)△平，
恨悠△悠，

(仄)仄平平(仄)仄平。
恨到歸時方始休。
(平)平(仄)仄平。
月明人倚樓。（前後闋同）

32、烏夜啼（雙調三十六字，一名相見歡） 李煜

(平)平(仄)仄平平。
無言獨上西樓。
仄平平。
月如鉤。
(仄)仄(仄)平平仄，
寂寞梧桐深院，
仄平平。
鎖清秋。
(仄)(仄)仄（換仄韻，不同韻），
剪不斷，
(仄)(平)仄，
理還亂，
仄平平（二換平韻，回到原韻）。
是離愁。
(仄)仄(仄)平平仄，
別是一般滋味，
仄平平。
在心頭。

33、桂殿秋（單調二十七字） 向子諲

平仄仄，
秋色裏，

仄平平。
月明中。
(平)平(仄)仄仄平平。
紅旗翠節下蓬宮。
(平)平(仄)仄平平仄，
蟠桃已結瑤池露，
(仄)仄平平仄仄平。
桂子初開玉殿風。

34、破陣子（雙調六十二字）

為陳同甫賦壯詞以寄之

辛棄疾

(仄)仄平平(仄)仄，
醉裏挑燈看劍，
(平)平(仄)仄平平。
夢回吹角連營。
(仄)仄(平)平平仄仄，
八百里分麾下炙，
(仄)仄平平仄仄平。
五十弦翻塞外聲。
(仄)平平仄平。
沙場秋點兵。

(仄)仄平平(仄)仄，
馬作的盧飛快，
(平)平(仄)仄平平。
弓如霹靂弦驚。
(仄)仄(平)平平仄仄，
了卻君王天下事，
(仄)仄平平仄仄平。
贏得生前身後名。

(仄)平平仄平△。
可憐白·髮·生△[34]。（前後闋同）

35、唐多令（雙調六十字） 重過武昌 劉過

(平)仄仄平平△，
蘆葉·滿汀洲△，
(平)平(仄)仄平△[35]。
寒沙帶淺流△。
仄平平、(平)仄平平△。
二十·[36]年、重過南樓△。
(仄)仄(仄)平平仄仄，
柳下繫船猶未穩，
平(仄)仄，
能幾日·，

仄平平△？
又中秋△？

(平)仄仄平平△，
黃鶴·斷磯頭△，
(平)平(仄)仄平△？
故人曾到不△[37]？
仄平平、(平)仄平平△。
舊江山、渾是新愁△。
(仄)仄(仄)平平仄仄，
欲·買桂花同載酒，
(平)(仄)仄，
終不·似，
仄平平△！
少年遊△！（前後闋同）

36、阮郎歸（雙調四十七字）　晏幾道

(平)平(平)仄仄平△，
天邊金掌露成霜△，
(平)平(仄)仄平△。[38]
雲隨雁字長△。
仄平平仄仄平平△，
綠·杯紅袖趁重陽△，
(平)平(仄)仄平△。
人情似故鄉△。
平仄仄，
蘭佩紫，
仄平平△。
菊·簪黃△。
(平)平(仄)仄平△。
殷勤理舊狂△。
(仄)平(平)仄仄平平△，
欲·將沉醉換悲涼△，
(平)平(仄)仄平△！
清歌莫·斷腸△！

37、江城子（雙調七十字）　密州出獵　蘇軾

(平)平(仄)仄仄平平△。
老夫聊發·少年狂△。
仄平平，
左牽黃，
仄平平△。
右擎蒼△。

(仄)仄平平[39]，
錦帽貂裘，
(仄)仄仄平平。
千騎卷平岡[40]。
(仄)仄(平)平平仄仄，
為報傾城隨太守，
平仄仄，
親射虎，
仄平平。
看孫郎。
(平)平(仄)仄仄平平。
酒酣胸膽尚開張。
仄平平，
鬢微霜，
仄平平？
又何妨？
(仄)仄平平，
持節雲中，
(仄)仄仄平平？
何日遣馮唐？
(仄)仄(平)平平仄仄，
會挽雕弓如滿月，
平仄仄，
西北望，
仄平平。
射天狼。（前後闋同）

38、太常引（雙調四十九字，又作太清引）

建康中秋夜為呂叔潛賦　辛棄疾

(平)平(仄)仄仄平平，
一輪秋影轉金波，
(仄)仄仄平平。
飛鏡又重磨。
(仄)仄仄平平：
把酒問姮娥：
(平)(仄)仄、平平仄平！
被白髮、欺人奈何！

(平)平(仄)仄，
乘風好去，
(平)平(仄)仄，
長空萬里，
(仄)仄仄平平。
直下看山河。
(仄)仄仄平平，
斫去桂婆娑，
(平)(仄)仄、平平仄平！
人道是、清光更多！

39、蘇幕遮（雙調六十二字）　范仲淹

仄平平，
碧雲天，
平仄仄。
黃葉地。

(仄)仄平平，
秋色連波，
(仄)仄平平仄△。
波上寒煙翠△。
(仄)仄平平平仄仄△。
山映斜陽天接水△。
(仄)仄平平，
芳草無情，
(仄)仄平平仄△。
更在斜陽外△。
仄平平，
黯鄉魂，
平仄仄△。
追旅思△[41]。

(仄)平平，
夜夜除非，
(仄)仄平平仄△。
好夢留人睡△。
(仄)仄平平平仄仄△。
明月樓高休獨倚△。
(仄)仄平平，
酒入愁腸，
(仄)仄平平仄△！
化作相思淚△！

40、最高樓（雙調八十一字） 劉克莊

平(平)仄△，
周郎後，

(仄)仄仄平△平。
·直數到清△真。
(仄)仄仄平△平。
君·莫是前△身。
(平)平(仄)仄平平仄，
·八音相應諧韶·樂，
(平)平(仄)仄仄平△平。
·一聲未了·落梁△塵。
仄平平，
笑而今，
平仄仄，
輕郢·客，
仄平△平。
重巴△人。

(仄)(仄)仄、(仄)平平仄△仄（換仄韻，不同韻）；
只少個、·綠珠橫·玉△笛；
(仄)(仄)仄、(平)平平仄△仄。
更少個、·雪兒彈錦△瑟。
平仄仄，
欺賀晏，
仄平△平（換平韻，回到原韻）。
·壓黃△秦。
(平)平(仄)仄平平仄，
可憐樵唱並菱曲[42]，
(平)平(仄)仄仄平△平。
·不逢御手與龍△巾。
仄平平，
且酣眠，

平仄仄，
篷底月，
仄平平△。
甕間春△。

41、揚州慢[43]（雙調九十八字）　姜夔

淳熙丙申至日，予過維揚。夜雪初霽，薺麥彌望。入其城則四顧蕭條，寒水自碧，暮色漸起，戍角悲吟。予懷愴然，感慨今昔。因自度此曲。千巖老人以為有「黍離」之悲也。

(仄)仄平平，
淮左名都，
(仄)平平仄，
竹西佳處，
(平)平仄仄平平△。
解鞍少駐初程△。

仄(平)平(仄)仄，
過春風十里，
(仄)仄仄平平△。
盡薺麥青青△。
仄平仄、(平)平(仄)仄，
自胡馬、窺江去後，
仄平平仄，
廢池喬木，
(仄)仄平平△。
猶厭言兵△。
仄(平)平(仄)仄，
漸黃昏清角，
(平)平(仄)仄平平△。
吹寒都在空城△。

(平)平(仄)仄，
杜郎俊賞，
仄平平、(仄)仄平平△。
算而今、重到須驚△。
仄(仄)仄平平，
縱豆蔻詞工，
(平)平(仄)仄，
青樓夢好，
(仄)仄平平△。
難賦深情△。
(仄)仄仄平平仄，
二十四橋仍在，
平平仄、(仄)仄平平△。
波心蕩、冷月無聲△。
仄(平)平(仄)仄，
念橋邊紅藥，
(平)平(仄)仄平平△？
年年知為誰生△？

42、石州慢（雙調一百零二字，一名石州引） 賀鑄

(仄)(仄)平平，
薄雨收寒，
平仄仄平[44]，
斜照弄晴，
平仄平仄[45]。
春意空闊△。
(平)平(仄)仄平平，
長亭柳色才黃，

(仄)仄(仄)平平△仄。
遠客·一枝先△折。
(平)平(仄)仄，
煙橫水際，
仄仄(仄)仄平平[46]，
映帶幾點歸鴉，
(平)平(仄)仄平平△仄。
東風消盡龍沙△雪。
(仄)仄仄平平，
還記·出門時，
仄平平平△仄。
·恰而今時△節。
平△仄。
將△發。

(仄)平(平)仄，
畫樓芳酒，
(仄)仄平平，
紅淚清歌，
(仄)平平△仄。
頓成輕△別。
(仄)仄平平，
已是經年，
(仄)仄(平)平平△仄。
杳杳音塵都△絕。
(平)平(仄)仄，
·欲知方寸，
(仄)(仄)(仄)仄平平，
共有幾許清愁，

(平)平(仄)仄平平仄△。
芭蕉不展丁香結△。
(仄)仄仄平平，
枉望斷天涯，
仄平平平仄△。
兩厭厭風月△。（此調一般用入聲韻）

43、摸魚兒（雙調一百一十六字） 辛棄疾

淳熙己亥，自湖北漕移湖南，同官王正之置酒小山亭，為賦。

仄平平、仄平平仄△？
更能消、幾番風雨△？
(平)平平仄平仄△。
匆匆春又歸去△。
(平)平(仄)仄平平仄，
惜春長怕花開早，
(仄)仄仄平平仄△！
何況落紅無數△！
平仄仄△！
春且住△！
(仄)仄仄、平平(仄)仄平平仄△。
見說道、天涯芳草無歸路△。
(平)平(仄)仄△。
怨春不語△。
仄(仄)仄平平，
算只有殷勤，
(仄)平平仄，
畫檐蛛網，

(仄)仄仄平仄。
盡日惹飛絮。
平平仄，
長門事，
(仄)仄平平(仄)仄。
準擬佳期又誤。
平平平仄平仄。
蛾眉曾有人妒。
(平)平(仄)仄平平仄，
千金縱買相如賦[47]，
(仄)仄仄平平仄？
脈脈此情誰訴？
平仄仄。
君莫舞。
(平)仄仄、(仄)平(平)仄平平仄！
君不見、玉環飛燕皆塵土！
(平)平(仄)仄。
閒愁最苦。
(仄)仄仄平平，
休去倚危欄，
(平)平(仄)仄，
斜陽正在，
(仄)仄仄平仄！
煙柳斷腸處！

44、六州歌頭（雙調一百四十三字） 張孝祥

(平)平(仄)仄，
長淮望斷，

(仄)仄仄平△平。
關塞莽然△平。
平(平)仄，
征塵暗，
平平仄，
霜風勁，
仄平△平。
悄邊△聲。
仄平△平。
黯銷△凝。
(仄)仄平平仄，
追想當年事，
(仄)平仄，
殆天數，

平(平)仄，
非人·力，
(平)(仄)仄，
洙泗上，
平(平)仄，
弦歌地，
仄平△平！
·亦羶△腥！
(仄)仄平平，
·隔水氈鄉，
仄仄平平仄，
·落·日牛羊下，
(仄)仄平△平。
區·脫縱△橫[48]。

仄(平)平(仄)仄，
看名王宵獵，
(仄)仄仄平平。
騎火一川明。
(仄)仄平平。
笳鼓悲鳴。
仄平平。
遣人驚。

仄平平仄，
念腰間箭，
(仄)平仄，
匣中劍，
平(平)仄，
空埃蠹，

仄平平？
竟何成？
(平)(仄)仄，
時易失，
平(平)仄，
心徒壯，
仄平平。
歲將零。
仄(平)平。
渺神京。

(仄)仄平平仄，
干羽方懷遠，
(仄)(平)仄，
靜烽燧，

仄平平△。
且休兵△。
(平)仄仄，
冠蓋使，
(平)(平)仄，
紛馳騖，
仄平平△！
·若為情△！
(仄)仄(平)平(仄)仄，
聞道中原遺老，
(平)平仄、(仄)仄平平△。
常南望、翠葆霓旌△。
仄(平)平(仄)仄，
使行人到此，

(平)仄仄平平△。
忠憤氣填膺△。
(仄)仄平平△！
有淚如傾△！

註釋

1 可能最初是題目，但後來填詞的人只把它當做詞譜看待，不再是題目了。

2 是否為李白所作，有疑義。下文《憶秦娥》亦同。

3 注意：第三字必平，後闋末句同。近代有人用律句平平仄仄平。

4 這兩句，一般作前四後五，即：平平(仄)仄，(仄)仄平平仄。如陳亮《念奴嬌．登多景樓》：「登高懷遠，也學英雄涕。」

5 一本作「羽扇綸巾，談笑間」，今依《詞律》。

6 是否為馮延巳作，有疑義。

7 「燕子」，一作「海燕」。

8 此句可以是上六下五，如這裏的「不知天上宮闕，今夕是何年」。也可以是上四下七，如陳亮《水調歌頭》的「當場隻手，畢竟還我萬夫雄」。

9 萬樹《詞律》說，這裏「玉」字讀作平聲。他的意見是對的。

10 這兩句也可以作(仄)仄(平)平仄仄，(仄)仄仄平平。

11 所謂「換仄協」，是說和前面韻腳的韻母相同，只是從平聲韻改為仄聲韻。

12 「橋」，一作「頭」。

13 另一體作六字句，即(仄)仄仄、仄平平。

14 《詞律》分為兩句，即「交親，散落如雲」。認為「親」字入韻。但是辛棄疾等人的《沁園春》都是六字句，第二字不押韻。所以這裏不從《詞律》。

15 一作「待酒澆」。

16 一作「秋娘渡與泰娘橋」。

17 一作「蕭蕭」。

18 一作「何日歸家洗客袍？」

19 此調四處用對仗，在每一對仗中，第二字相同。

20 「激」字入聲作平聲。

21 此詞前後闋都用疊句，也可以不疊。毛澤東《採桑子．重陽》前闋「歲歲重陽，今又重陽」，疊二字；後闋「不似春光，勝似春光」，疊三字，也是一種變化。

22 一說此詞為歐陽修所作。

23 第一句不能犯孤平。如果第三字用仄，則第一字必平。後闋第一句同。

24 依語法，這裏不該斷句；依詞譜，這裏該斷句。下面「風流總被」句同。別人的詞，這些地方都是斷句的。

25 萬樹《詞律》說第一字可仄，第二字可平，誤。

26 「胥」字讀上聲。

27 這句，一般作仄(平)平(仄)仄，上一下四，如秦觀《望海潮》中「正絮翻蝶舞」。

28 這句，一般與上句合為一句，即「平⃝平仄⃝仄仄平平」。

29 這句一般作上一下四，如秦觀《望海潮》中「但倚樓極目」（仄平⃝平仄⃝仄）。

30 這兩句，一般作「仄⃝仄平平，平⃝平仄⃝仄仄平平」。如秦觀《望海潮》中「無奈歸心，暗隨流水到天涯」。

31 這兩句疊後三字，可作仄仄平或平仄平，但不能作平平平。後闋同。

32 這句可作平平仄仄平或平平平仄平，但不能作仄平仄仄平（孤平）。後闋末句同。

33 「思」讀 sì。

34 「白」字作平聲。

35 這句可以是平平平仄平或仄平平仄平，但不能是仄平仄仄平（孤平）。

36 「十」字讀作平聲。

37 這句可以作平平仄仄平、平平平仄平，但不能作仄平仄仄平（孤平）。「不」，讀 fóu。

38 這句可作平平平仄平、仄平平仄平，但不能作仄平仄仄平（孤平）。下面第四句，後闋第三、第五句同。

39 一作仄⃝平⃝平⃝仄。

40 「騎」讀 jì。

41 「思」讀 sì，去聲。

42 「並」讀 bìng。

43 凡慢調都是比較長的詞調。

44 一作仄平平仄。

45 一作仄平平仄。

46 一作(仄)平(平)仄平平。

47 這句可以不押韻。

48 「縱」讀 zōng。

第一章　詞韻

第一節　詞韻是詩韻的合併

詞韻可以完全依照平水韻。但是，一般用韻較寬，往往把鄰近的韻合併為一個韻部。依照戈載的《詞林正韻》，詞韻可以分為十九部（平上去聲十四部，入聲五部），如下：

第一部：平聲東冬；上聲董腫；去聲送宋。

第二部：平聲江陽；上聲講養；去聲絳漾。

第三部：平聲支微齊，又灰半（「回雷」等字）；上聲紙尾薺，又賄半（「悔罪」等字）；去聲寘未霽，又泰半（「會最」等字），隊半（「內佩」等字）。

第四部：平聲魚虞；上聲語麌；去聲御遇。

第五部：平聲佳半（「街釵」等字），灰半（「來台」等字）；上聲蟹，又賄半（「海在」等字），去聲泰半（「蓋外」等字），卦半（「拜快」等字），隊半（「塞代」等字）。

第六部：平聲真文，又元半（「魂痕」等字）；上聲軫吻，又阮半（「本損」等字）；去聲震問，又願半（「悶困」等字）。

第七部：平聲寒刪，又元半（「言煩」等字）；上聲旱潸銑，又阮半（「遠晚」等字）；去聲翰諫霰，又願半（「怨健」等字）。

第八部：平聲蕭肴豪；上聲篠巧皓；去聲嘯效號。

第九部：平聲歌；上聲哿；去聲個。

第十部：平聲麻；上聲馬；去聲禡，又卦半（「話畫」等字）。

第十一部：平聲庚青蒸；上聲梗迥；去聲敬徑。

第十二部：平聲尤；上聲有；去聲宥。

第十三部：平聲侵；上聲寑；去聲沁。

第十四部：平聲覃鹽咸；上聲感儉豏；去聲勘豔陷。

第十五部：入聲屋沃。

第十六部：入聲覺藥。

第十七部：入聲質陌錫職緝。

第十八部：入聲物月曷黠屑葉。

第十九部：入聲合洽。

有時候，詞人用韻比這個更寬。例如辛棄疾《永遇樂》押「處」、「去」、「住」、「虎」、「顧」、「路」、「鼓」、「否」、「處」、「去」、「住」、「虎」、「顧」、「路」、「鼓」屬第四部，「否」屬第十二部；范仲淹《蘇幕遮》押「地」、「翠」、「水」、「外」、「思」、「睡」、「倚」、「淚」，「地」、「翠」、「水」、「思」、「睡」、「倚」、「淚」屬第三部，「外」屬第五部；蘇軾《念奴嬌》押「物」、「壁」、「雪」、「傑」、「滅」、「發」、「月」，「物」、「雪」、「傑」、「發」、「滅」、「發」、「月」屬第十八部，「壁」屬第十七部。總之，詞人用韻是很寬的。

第二節　上去通押

在唐人古體詩中，已有上去通押的情況。在宋詞中，上去通押更加常見。例如范仲淹的《漁家傲》押「異」、「意」、「起」、「裏」、「閉」、「里」、「計」、「地」、「寐」、「淚」，「起」、「裏」、「里」屬上聲，「異」、「意」、「計」、「地」、

「寐」、「淚」屬去聲；馮延巳《蝶戀花》押「樹」、「縷」、「柱」、「去」、「絮」、「雨」、「語」，「處」、「縷」、「柱」、「雨」、「語」屬上聲[1]，「樹」、「去」、「絮」、「處」屬去聲；陸游《卜算子》押「主」、「雨」、「妒」、「故」，「主」、「雨」屬上聲，「妒」、「故」屬去聲；李清照《如夢令》押「驟」、「酒」、「舊」、「否」、「瘦」，「酒」、「否」屬上聲，「驟」、「舊」、「瘦」屬去聲；呂渭老《減字木蘭花》押「捲」、「館」，又押「舞」、「住」，「捲」、「舞」屬上聲，「館」、「住」屬去聲[2]；張元幹《賀新郎》押「去」、「渚」、「渡」、「處」、「鼓」、「舞」、「路」、「虜」、「語」、「去」、「否」、「舉」，「渚」、「鼓」、「舞」、「虜」、「語」、「否」、「舉」屬上聲，「去」、「渡」、「處」、「路」屬去聲；王沂孫《齊天樂》押「樹」、「訴」、「雨」、「柱」、「許」、「露」、「度」、「苦」、「楚」、「縷」，「雨」、「柱」、「許」、「苦」、「楚」、「縷」屬上聲，「樹」、「訴」、「露」、「度」屬去聲；李清照《點絳唇》押「手」、「瘦」、「透」、「溜」、「走」、「首」、「嗅」，「手」、「走」、「首」屬上聲，「瘦」、「透」、「溜」、「嗅」屬去聲；李煜《烏夜啼》押「斷」、「亂」，「斷」屬上聲[3]，「亂」屬去聲；范仲淹《蘇幕遮》押「地」、「翠」、「水」、「外」、「思」、「睡」、「倚」、「淚」，

「水」、「倚」屬上聲，「地」、「翠」、「外」、「思」、「睡」、「淚」屬去聲；辛棄疾《永遇樂》押「處」、「去」、「住」、「虎」、「顧」、「路」、「鼓」、「否」，「虎」、「鼓」、「否」屬上聲，「處」、「去」、「住」、「顧」、「路」屬去聲；《摸魚兒》押「雨」、「去」、「數」、「住」、「路」、「語」、「絮」、「誤」、「妒」、「賦」、「訴」、「舞」、「土」、「苦」、「處」，「雨」、「語」、「舞」、「土」、「苦」屬上聲，「去」、「數」、「住」、「路」、「絮」、「誤」、「妒」、「賦」、「訴」、「處」屬去聲。由此可見，上去通押的情況是不勝枚舉的。

第三節　換韻

換韻，一般是平仄互換。或先用平韻，後用仄韻；或先用仄韻，後換平韻，或連換幾次韻，都是詞譜所規定的。

換韻有三種情況，現在分別加以敘述：

第一種情況是換韻不換部，元音相同，只是聲調不同，就是平仄互換。這裏所謂「仄」，指的是上聲和去聲，不是入聲。例如：

西江月　黃陵廟　張孝祥

滿載一船明月，平鋪千里秋江（平韻）。波神留我看斜陽（協平韻），喚起鱗鱗細浪（換仄協）。

明日風回更好，今朝露宿何妨（換平協）？水晶宮裏奏《霓裳》（協平韻），準擬岳陽樓上（換仄協）。

這首詞用的詞韻是第二部江陽，平仄互換，是換韻不換部。

第二種情況是換韻又換部。例如：

清平樂　獨宿博山王氏庵　辛棄疾

繞床飢鼠（仄韻），

蝙蝠翻燈舞（協仄韻）。
屋上松風吹急雨（協仄韻），
破紙窗間自語（協仄韻）。
平生塞北江南[4]（換平韻），
歸來華髮蒼顏（協平韻）。
布被秋宵夢覺，
眼前萬里江山（協平韻）。

第三種情況是換韻後又回到原韻上。例如：

相見歡　朱敦儒

金陵城上西樓（平韻），
倚清秋（協平韻）。
萬里夕陽垂地，

大江流（協平韻）。
中原亂（換仄韻），
簪纓散（協仄韻），
幾時收（回到原平韻）？
試倩悲風吹淚，
過揚州（協平韻）。

詞以一韻到底為最常見，換韻比較少見。

註釋

1 今普通話「柱」讀去聲。
2 今普通話「館」讀上聲。
3 「斷」字，今普通話讀去聲。
4 「南」屬第十四部，這裏與第七部通押。

第三章　詞的平仄

第一節　律句

詞雖是長短句，但基本上用的是律句。非但五字句、七字句絕大多數是律句，連三字句、四字句、六字句也絕大多數是律句。三字句可以認為是七言律句的末三字，四字句可以認為是七言律句的前四字，六字句可以認為是七言律句的前六字。

現在先談七言律句和五言律句。有些詞是完全由七言律句構成的。例如：

浣溪沙　蘇軾

麻葉層層檾葉光。
誰家煮繭一村香？
隔籬嬌語絡絲娘。

垂白杖藜抬醉眼，

捋青擣炒軟飢腸。

問言豆葉幾時黃？

有些詞是完全由五言律句構成的。例如：

生查子　題京口郡治塵表亭　辛棄疾

悠悠萬世功，

矻矻當年苦[1]。

魚自入深淵，

人自居平土。

紅日又西沉，

白浪長東去。

不是望金山，

我自思量禹。

有些詞是五言律句與七言律句合成的。例如：

卜算子　朱敦儒

旅雁向南飛，
風雨群相失。
飢渴辛勤兩翅垂，
獨下寒汀立。

鷗鷺苦難親，
矰繳憂相逼。
雲海茫茫無處歸，
誰聽哀鳴急？

詞的律句比詩的律句更為嚴格，不容許有變格。這就是說：

（一）平仄腳，五言第三字必平，七言第五字必平。例如：

一任群芳妒。（陸游《卜算子》）

波上寒煙翠。（范仲淹《蘇幕遮》）

六朝舊事隨流水。（王安石《桂枝香》）

芭蕉不展丁香結。（賀鑄《石州引》）

八千里路雲和月。（岳飛《滿江紅》）

（二）仄仄腳，五言第三字必平，七言第五字必平。例如：

小喬初嫁了。（蘇軾《念奴嬌》）

玉階空佇立。（李白《菩薩蠻》）

塞下秋來風景異。（范仲淹《漁家傲》）

無可奈何花落去。（晏殊《浣溪沙》）

夜飲東坡醒復醉[2]。（蘇軾《臨江仙》）

（三）仄平腳，五言第三字必仄，七言第五字必仄[3]。例如：

雲隨雁字長。（晏幾道《阮郎歸》）

殷勤理舊狂。（晏幾道《阮郎歸》）

飢渴辛勤兩翅垂。（朱敦儒《卜算子》）

零落成泥碾作塵。（陸游《卜算子》）

一片春愁帶酒澆。（蔣捷《一翦梅》）

（四）平平腳，五言第三字必仄，七言第五字必仄。例如：

簾外雨潺潺。（李煜《浪淘沙》）

月上柳梢頭。（朱淑真《生查子》）

稻花香裏說豐年[4]。（辛棄疾《西江月》）

當年萬里覓封侯。（陸游《訴衷情》）

老夫聊發少年狂。（蘇軾《江城子》）

現在說到三字句。三字句有平平仄、平仄仄、仄仄平、仄平平四種。例如：

流年改。（陸游《沁園春》）

多少恨。（李煜《憶江南》）

汴水流。（白居易《長相思》）

月如鈎。（李煜《烏夜啼》）

再說到四字句。四字句有(平)平(仄)仄、(仄)仄平平兩種。

（一）(平)平(仄)仄，例如：

驚濤拍岸。（蘇軾《念奴嬌》）

登臨送目。（王安石《桂枝香》）

西窗過雨。（王沂孫《齊天樂》）

茫茫夢境。（陸游《沁園春》）

青樓夢好。（姜夔《揚州慢》）

這個句型，第一字可仄，但是比較少見。例如：

不應有恨。（蘇軾《水調歌頭》）

另有一種特定句型是仄平平仄，第三字必須用平聲，不能用仄聲。這種句型比上述的那種句型多得多。這是詞句的特點，特別值得注意。例如：

灞陵傷別。（李白《憶秦娥》）[5]

漢家陵闕。（同上）

翠峰如簇。（王安石《桂枝香》）

畫圖難足。（同上）

謾嗟○榮○辱△。（同上）

後庭○遺○曲△。（同上）

·月流○煙○渚△。（張元幹《賀新郎》）

氣吞○驕○虜△。（同上）

·玉箏○調○柱△。（王沂孫《齊天樂》）

頓成○淒○楚△。（同上）

露濃○花○瘦△。（李清照《點絳唇》）

倚門○回○首△。（同上）

這個句型，第一字可平，但是比較少見。例如：

江山○如○畫。（蘇軾《念奴嬌》）

雄姿○英○發△。（同上）

多情○應○笑△。（同上）

人生○如○夢。（同上）

（二）(仄)仄平平，第三字必須用平聲，不能用仄聲。例如：

亂石穿空。（蘇軾《念奴嬌》）
故國神遊。（同上）
乍咽涼柯。（王沂孫《齊天樂》）
鏡暗妝殘。（同上）
病翼驚秋。（同上）
謾想薰風。（同上）
再過遼天。（陸游《沁園春》）
畢竟成塵。（同上）
載酒園林。（同上）
點鬢霜新。（同上）
更有人貧。（同上）
躲盡危機。（同上）

這個句型第一字可平，音韻效果是一樣的。例如：

春意闌珊。（李煜《浪淘沙》）

無限江山。（同上）

天上人間。（同上）

楊柳風輕。（馮延巳《蝶戀花》）

紅杏開時。（同上）

再說到六字句。六字句有仄⃝仄平平仄仄，平⃝平仄⃝仄平平兩種。

（一）仄⃝仄平平仄仄，注意第三字用平聲。例如：

三國周郎赤壁。（蘇軾《念奴嬌》）

千古憑高對此。（王安石《桂枝香》）

未放扁舟夜渡[6]。（張元幹《賀新郎》）

料峭春寒中酒。（吳文英《風入松》）

惆悵雙鴛不到。（同上）

贏得倉皇北顧。（辛棄疾《永遇樂》）

一片神鴉社鼓。（同上）

（二）(平)平(仄)仄平平，注意第五字用平聲。例如：

歸來彷彿三更。（蘇軾《臨江仙》）

何時忘卻營營？（同上）

清風半夜鳴蟬。（辛棄疾《西江月》）

兩三點雨山前。（同上）

交親散落如雲。（陸游《沁園春》）

交加曉夢啼鶯。（吳文英《風入松》）

幽階一夜苔生。（同上）

錢塘自古繁華。（柳永《望海潮》）

參差十萬人家。（同上）

重湖疊巘清嘉。（同上）

嬉嬉釣叟蓮娃。（同上）

夢回吹角連營。（辛棄疾《破陣子》）

弓如霹靂弦驚。（同上）

解鞍少駐初程。（姜夔《揚州慢》）

吹寒都在空城。（同上）

年年知為誰生？（同上）

另有一種特定句型是(仄)仄(仄)平平仄，第五字必平，這和四字句第三字必平一樣，是詞律的特點。例如：

千古風流人物。（蘇軾《念奴嬌》）

檣櫓灰飛煙滅。（同上）

二十四橋仍在。（姜夔《揚州慢》）

遠客一枝先折。（賀鑄《石州慢》）

杳杳音塵都絕。（同上）

何況落紅無數。（辛棄疾《摸魚兒》）

脈脈此情誰訴？（同上）

此外，還有八字句、九字句、十字句、十一字句。八字句是上三下五；九字句是上三下六或上五下四；十字句是上三下七；十一字句一般是上六下五，也有上四下七的。例如：

莫等閒、白了少年頭。（岳飛《滿江紅》）

待從頭、收拾舊山河。（同上）

正人間、鼻息鳴鼉鼓。（張元幹《賀新郎》）

過苕溪、尚許垂綸否？（同上）

浪淘盡、千古風流人物。（蘇軾《念奴嬌》）

駕長車踏破、賀蘭山缺。（岳飛《滿江紅》）

見説道、天涯芳草無歸路。（辛棄疾《摸魚兒》）

君不見、玉環飛燕皆塵土！（同上）

不知天上宮闕、今夕是何年。（蘇軾《水調歌頭》）

當場隻手、畢竟還我萬夫雄。（陳亮《水調歌頭》）

如果是上六下五，則上半是拗句（仄平平仄平仄），下半是律句（仄⃝仄仄平平）；如果是上四下七，則上半是律句（平⃝平仄⃝仄），下半是拗句（平⃝仄平⃝仄仄平平）。

有些四字句，其實是上一下三。上一字一般用仄聲，下三字用律句。例如張孝祥《六州歌頭》「念腰間箭」。

有些五字句，其實是上一下四。上一字一般用仄聲，下四字用律句，即平⃝平仄⃝仄。例如：

有三秋桂子。（柳永《望海潮》）

嘆移盤去遠。（王沂孫《齊天樂》）

嘆圍腰帶剩。（陸游《沁園春》）

有漁翁共醉。（陸游《沁園春》）
過春風十里。（姜夔《揚州慢》）
使行人到此。（張孝祥《六州歌頭》）

而且往往用詞律特定的律句，即(仄)平平仄。例如：

念纍纍枯冢[7]。（陸游《沁園春》）
幸眼明身健。（同上）
漸黃昏清角。（姜夔《揚州慢》）
念橋邊紅藥。（同上）
恰而今時節。（賀鑄《石州慢》）
兩厭厭風月[8]。（同上）
看名王宵獵。（張孝祥《六州歌頭》）

不要誤會某些是拗句（在五言律詩中，仄平平平仄是拗句，因為第二第四皆平），其實都是詞中的律句。

又有一些平腳的五字句，上一下四。上一字一般用仄聲，下四字用律句，即(仄)仄平平，倒數第二字必平[9]。例如：

怪瑤佩流空。（王沂孫《齊天樂》）

甚獨抱清商。（同上）

在第二、第四字都用平聲的時候，也不要誤會是拗句。

有些七字句是上三下四，一般用的是三字律句加四字律句，或者是三字拗句加四字律句。或者是三字律句加四字拗句。例如：

背西風、酒旗斜矗。（王安石《桂枝香》）

念往昔、繁華競逐。（同上）

但寒煙、衰草凝綠。（同上）

倚高寒、愁生故國。（張元幹《賀新郎》）

謾暗澀、銅華塵土。（張元幹《賀新郎》）

一絲柳、一寸柔情。（吳文英《風入松》）

有當時、纖手香凝。（同上）

憑闌處、瀟瀟雨歇。（岳飛《滿江紅》）

抬望眼、仰天長嘯。（同上）

想當年、金戈鐵馬。（辛棄疾《永遇樂》）

憑誰問、廉頗老矣。（同上）

二十年、重過南樓。（劉過《唐多令》）

舊江山、渾是新愁。（同上）

自胡馬、窺江去後。（姜夔《揚州慢》）

算而今，重到須驚。（同上）

波心蕩、冷月無聲。（同上）

常南望，翠葆霓旌。（張孝祥《六州歌頭》）

第二節　拗句

詞句雖然大多數是律句，但是某些詞譜又規定一些拗句，就是必須用拗，不能用律。例如：

四字句

仄仄仄平。

換盡舊人。（陸游《沁園春》）

平仄平仄。

孫仲謀處。（辛棄疾《永遇樂》）

仄平仄仄。

尚能飯否？（同上）

五字句

仄平平仄平[10]。

有人樓上愁△。（李白《菩薩蠻》）

·日長飛絮輕△。（晏殊《破陣子》）

笑從雙臉生△。（同上）

平仄仄平仄△。

煙柳斷腸處△。（辛棄疾《摸魚兒》）

六字句

仄平平仄平仄△。（第一字必仄）

·一時多少豪傑△。（蘇軾《念奴嬌》）

·一樽還酹江月△。（同上）

(平)平(平)仄平仄。

關河夢斷何處。（陸游《訴衷情》）

平平平仄平仄△。（第一、第三字必平）

蛾眉曾有人妒△。（辛棄疾《摸魚兒》）

銅仙鉛淚如洗△。（王沂孫《齊天樂》）

平平仄平平仄。

年年翠陰庭樹。（王沂孫《齊天樂》）

七字句

(仄)仄(仄)平平平仄。

喚取謫仙平章看。（張元幹《賀新郎》）

仄平平仄仄平仄。

為誰嬌鬢尚如許。（王沂孫《齊天樂》）

(平)仄(平)仄仄平平。

何事常向別時圓。（蘇軾《水調歌頭》）

(仄)(仄)仄、平平仄平。

被白髮、欺人奈何。（辛棄疾《太常引》）

人道是、清光更多。（同上）

當然，所謂「拗句」，只是對律句而言的說法。其實就詞來說，既然詞譜規定了這些句型，那就應該說這不是拗句，而是正格了。

註釋

1 「矹」讀 wù，入聲。
2 「醒」讀 xīng。
3 有個別例外，如秦觀「枕上流鶯和淚聞」。
4 「說」是入聲字。
5 《憶秦娥》詞譜規定用這個特定句型。下仿此。
6 「扁」讀 piān。
7 「纍」讀 léi，平聲。
8 「厭」讀 yān，平聲。
9 王安石《桂枝香》「正故國晚秋」。「晚」字仄聲，是例外。
10 這是孤平拗救，雖然詞譜說第一字可平，實際上以仄聲為正格。

第四章　詞的對仗

詞的對仗，沒有硬性規定。只要前後兩句字數相等，就可以用對仗，也可以不用對仗。只有少數詞譜，習慣上是要用對仗的。例如：

（一）《西江月》前後闋第一、二兩句：

明月別枝驚鵲，清風半夜鳴蟬。

七八個星天外，兩三點雨山前。（辛棄疾）

（二）《浣溪沙》第四、五兩句：

無可奈何花落去，似曾相識燕歸來。（晏殊）

（三）《沁園春》前闋第八、九兩句，後闋第七、八兩句：

載酒園林，尋花巷陌。

躲盡危機，消殘壯志。（陸游）

（四）《訴衷情》後闋第一、二句：

胡未滅，鬢先秋。（陸游）

（五）《念奴嬌》前闋第五、六兩句：

亂石穿空，驚濤拍岸。（蘇軾）

（六）《水調歌頭》後闋第五、六兩句：

人有悲歡離合，月有陰晴圓缺。（蘇軾）

（七）《鷓鴣天》前闋第三、四兩句：

一春魚鳥無消息，千里關山勞夢魂。（秦觀）

（八）《齊天樂》後闋第四、五兩句：

病翼驚秋，枯形閱世。（王沂孫）

（九）《滿江紅》前闋第五、六兩句，後闋第六、七兩句：

三十功名塵與土，八千里路雲和月。

壯志飢餐胡虜肉，笑談渴飲匈奴血。（岳飛）

（十）《望海潮》前後闋第四、五兩句，又前闋第十、十一兩句：

煙柳畫橋，風簾翠幕。

市列珠璣，戶盈羅綺。

羌管弄晴，菱歌泛夜。（柳永）

（十一）《長相思》前後闋第一、二兩句：

汴水流，泗水流。

思悠悠，恨悠悠。（白居易）

（十二）《相見歡》後闋第一、二兩句：

剪不斷，理還亂。（李煜）

（十三）《桂殿秋》第一、二兩句，又第四、五兩句：

秋色裏，月明中。
蟠桃已結瑤池露，桂子初開玉殿風。（向子諲）

（十四）《破陣子》前後闋第一、二兩句，又第三、四兩句：

醉裏挑燈看劍，夢回吹角連營。
八百里分麾下炙，五十弦翻塞外聲。
馬作的盧飛快，弓如霹靂弦驚。
了卻君王天下事，贏得生前身後名。（辛棄疾）

（十五）《阮郎歸》後闋第一、二兩句：

蘭佩紫，菊簪黃。（晏幾道）

有些詞譜的對仗更隨便，更自由，可對可不對。下面所舉的例子，就是可對可不對的：

（一）《桂枝香》前闋第八、九兩句：

彩舟雲淡，星河鷺起。（王安石）

（二）《清平樂》後闋第一、二兩句：

大兒鋤豆溪東，中兒正織雞籠。（辛棄疾）

（三）《訴衷情》後闋末兩句：

心在天山，身老滄州。（陸游）

（四）《風入松》前後闋末兩句：

料峭春寒中酒，交加曉夢啼鶯。
惆悵雙鴛不到，幽階一夜苔生[1]。（吳文英）

（五）《一翦梅》前後闋第二、三兩句和第五、六兩句：

江上舟搖，樓上簾招。
風又飄飄，雨又瀟瀟。
銀字箏調，心字香燒。
紅了櫻桃，綠了芭蕉！（蔣捷）

（六）《生查子》前闋末兩句：

月上柳梢頭，人約黃昏後。（朱淑真）

（七）《江城子》前後闋第二、三兩句：

左牽黃，右擎蒼[2]。（蘇軾）

（八）《蘇幕遮》前後闋第一、二句：

碧雲天，黃葉地。

黯鄉魂，追旅思。（范仲淹）

（九）《最高樓》前闋第四、五兩句，第六、七兩句，第九、十兩句；後闋第一、二兩句，第三、四兩句，第五、六兩句，第八、九兩句：

八音相應諧韶樂，一聲未了落梁塵。

輕郢客，重巴人。

只少個、綠珠橫玉笛，

更少個、雪兒彈錦瑟。
欺賀晏，壓黃秦。
可憐樵唱並菱曲，不逢御手與龍巾。
篷底月，甕間春。（劉克莊）

（十）《石州慢》前闋第一、二兩句，後闋第二、三兩句：

薄雨收寒，斜照弄晴。
畫樓芳酒，紅淚清歌。（賀鑄）

（十一）《六州歌頭》前闋第三、四兩句，第八、九兩句，第十、十一兩句：

征塵暗，霜風勁。
殆天數，非人力。
洙泗上，弦歌地。（張孝祥）

有時候，不是兩句對仗，而是三句排比。但這種情況是少見的。例如：

時易失，心徒壯，歲將零。（張孝祥《六州歌頭》）

如果四字句是上一下三，應該看做三字句與下面三字句對仗，上一字不算在對仗之內。例如：

念腰間箭，匣中劍。（張孝祥《六州歌頭》）

如果五字句是上一下四，應該看做四字句與下面四字句對仗，上一字不算在對仗之內。例如：

有三秋桂子，十里荷花。（柳永《望海潮》）

幸眼明身健，茶甘飯軟。（陸游《沁園春》）

縱豆蔻詞工，青樓夢好。（姜夔《揚州慢》）

但荒煙衰草，亂鴉斜日。（薩都剌《滿江紅》）

有一種對仗，叫做扇面對，就是把兩句作為上聯，兩句作為下聯，四句構成一個對仗。這種扇面對往往出現在《沁園春》中，特別值得注意。例如：

甚雲山自許，平生意氣；衣冠人笑，抵死塵埃。

要小舟行釣，先應種柳；疏籬護竹，莫礙觀梅。（辛棄疾《沁園春．帶湖新居初成》）

正驚湍直下，跳珠倒濺；小橋橫截，缺月初弓。

似謝家子弟，衣冠磊落；相如庭户，車騎雍容。（辛棄疾《沁園春．靈山齊庵賦》）

喚廚人斫就，東溟鯨膾；圉人呈罷，西極龍媒。

嘆年光過盡，功名未立；書生老去，機會方來。（劉克莊《沁園春．夢孚若》）

古體詩中的對仗，不避同字相對。詞也一樣，某些詞譜是不避同字相對的。例如：

人有悲歡離合，月有陰晴圓缺。（蘇軾《念奴嬌》）

汴水流，泗水流。

思悠悠，恨悠悠。（白居易《長相思》）

大兒鋤豆溪東，中兒正織雞籠。（辛棄疾《清平樂》）

江上舟搖，樓上簾招。

風又飄飄，雨又瀟瀟。

銀字箏調，心字香燒。

紅了櫻桃，綠了芭蕉。（蔣捷《一翦梅》）

只少個、綠珠橫玉笛，

更少個、雪兒彈錦瑟。（劉克莊《最高樓》）

律詩的對仗，上聯的平仄和下聯的平仄是對立的。詞的對仗有兩個類型：第一個類型和律詩的平仄一樣，平對仄，仄對平；第二個類型和律詩的平仄不一樣，或者上下聯平仄完全相同，或者以平仄腳對仄仄腳，或者以平仄腳對平平腳，或者以平平腳對平仄腳。這些都是詞譜裏規定了的。關於第二類型的對仗，舉例如下：

（一）上下聯平仄完全相同者：

人有悲歡離合，
月有陰晴圓缺。（蘇軾《水調歌頭》）

江上舟搖，
樓上簾招。（蔣捷《一翦梅》）

左牽黃，
右擎蒼。（蘇軾《江城子》）

征塵暗，
霜風勁。（張孝祥《六州歌頭》）

荒煙衰草，
亂鴉斜日。（薩都剌《滿江紅》）

眼明身健，
茶甘飯軟。（陸游《沁園春》）

(二)以平仄腳對仄仄腳者：

三十功名塵與土，
八千里路雲和月。(岳飛《滿江紅》)

(三)以平仄腳對平平腳者：

月上[3]柳梢頭，
人約黃昏後。(朱淑真《生查子》)

(四)以平平腳對平仄腳者：

八音相應諧韶樂，
一聲未了落梁塵。(劉克莊《最高樓》)

可憐樵唱並菱曲，
不逢御手與龍巾。（同上）

註釋

1 這一聯半對半不對。
2 蘇軾在後闋沒有用對仗。
3 此頁字下的圓圈表示上下聯平仄相同。

天地博雅文叢

經典常談　朱自清 著
新編《千家詩》　田奕 編
邊城　沈從文 著
孔子的故事　李長之 著
啓功談金石書畫　啓功 著　趙仁珪 編
沈尹默談書法　沈尹默 著
詞學十講　龍榆生 著
詩詞格律概要　王力 著
唐宋詞欣賞　夏承燾 著
古代漢語常識　王力 著
梁思成建築隨筆　梁思成 著　林洙 編
簡易哲學綱要　蔡元培 著
唐宋詞啟蒙　李霽野 著
唐人絕句啟蒙　李霽野 著
唐詩縱橫談　周勛初 著
佛教基本知識　周叔迦 著
佛教常識答問　趙樸初 著
漢化佛教與佛寺　白化文 著
沈從文散文選　沈從文 著

www.cosmosbooks.com.hk

書　　名　詩詞格律概要

作　　者　王力

編輯委員會　梅　子　曾協泰　孫立川
陳儉雯　林苑鶯

責任編輯　甘玉貞

美術編輯　郭志民

出　　版　天地圖書有限公司
香港皇后大道東109-115號
智群商業中心15字樓（總寫字樓）
電話：2528 3671　傳真：2865 2609
香港灣仔莊士敦道30號地庫／1樓（門市部）
電話：2865 0708　傳真：2861 1541

印　　刷　美雅印刷製本有限公司
香港九龍官塘榮業街 6 號海濱工業大廈4字樓A室
電話：2342 0109　傳真：2790 3614

發　　行　香港聯合書刊物流有限公司
香港新界大埔汀麗路36號中華商務印刷大廈3字樓
電話：2150 2100　傳真：2407 3062

出版日期　2019年10月／初版

ISBN ： 978-988-8547-67-8